行吟中国

下册

张家界市国际旅游诗歌协会
中国国际旅游诗歌联盟 编

吟唱
祖国美好山河
推进诗歌文化与
旅游的更好融合
让诗歌艺术与
旅游文化共同发展

中国书籍出版社
China Book Press

图书在版编目(CIP)数据

行吟中国：上中下 / 张家界市国际旅游诗歌协会，中国国际旅游诗歌联盟编. -- 北京：中国书籍出版社，2021.9

ISBN 978-7-5068-8651-2

Ⅰ. ①行… Ⅱ. ①张… ②中… Ⅲ. ①诗集–中国–当代 Ⅳ. ①I227

中国版本图书馆 CIP 数据核字(2021)第 197245 号

行吟中国（上中下）

张家界市国际旅游诗歌协会　中国国际旅游诗歌联盟　编

责任编辑	成晓春
责任印制	孙马飞　马 芝
出版发行	中国书籍出版社
地　　址	北京市丰台区三路居路 97 号（邮编：100073）
电　　话	(010)52257143（总编室）　(010)52257140（发行部）
电子邮箱	eo@chinabp.com.cn
经　　销	全国新华书店
印　　刷	成都兴怡包装装潢有限公司
开　　本	880 毫米×1230 毫米　1/32
字　　数	485 千字
印　　张	27
版　　次	2021 年 10 月第 1 版
印　　次	2021 年 10 月第 1 次印刷
书　　号	ISBN 978-7-5068-8651-2
定　　价	168.00 元（全三册）

版权所有　翻印必究

目录
CONTENTS

马启代的作品	001
张绍民的作品	006
雪鹰的作品	014
陈群洲的作品	024
朱继忠的作品	028
叶德庆的作品	039
王晓露的作品	043
招小波的作品	049
谭应林的作品	052
马门无际的作品	056
方雪梅的作品	060
周守贵的作品	064
刘合军的作品	071
起伦的作品	076

刘正伟的作品	080
张维清的作品	083
安娟英的作品	089
许百经的作品	106
丁哲的作品	111
杨清茨的作品	117
芦苇的作品	120
马累的作品	123
黎禀的作品	128
煜儿的作品	134
祝宝玉的作品	138
赵福治的作品	142
周栗的作品	145
谭昌龙的作品	147
三都河的作品	152
马泽平的作品	153
汤松波的作品	157
唐志平的作品	164
周春泉的作品	169
毕俊厚的作品	177
刘海豹的作品	178
艾川的作品	179
冷燃的作品	180

关晖的作品	181
吴传玖的作品	182
孙松铭的作品	183
李玫瑰的作品	184
甄钰源的作品	185
白公智的作品	186
李文山的作品	187
陆承的作品	188
李志高的作品	189
甘建华的作品	190
亦乐的作品	192
李文锋的作品	196
覃文化的作品	199
王明亚的作品	201
徐泰屏的作品	203
蒙田的作品	204
东伦的作品	205
何晓李的作品	207
胡平的作品	209
程勇的作品	212
张一的作品	213
张俊的作品	214
李继宗的作品	216

杨泽西的作品	218
王唐银的作品	220
谢蓄洪的作品	222
朵拉的作品	223
詹春华的作品	225
殷言舜的作品	227
宋春来的作品	229
扎哲顿珠的作品	231
武强华的作品	232
崔华的作品	235
袁伟建的作品	237
宋朝的作品	238
李艳芳的作品	240
王超的作品	241
王景云的作品	245
梁红满的作品	247
罗方义的作品	248
李德雄的作品	249
蔡力平的作品	252
廖诗风的作品	262

马启代的作品

满树的叶子飞上了天

三九之末,树木大都剩下光秃秃的枝干
那些耐寒的低矮植物
也是一副蔫头耷脑的样子

靠近村头的一株老树却有些枝繁叶茂
我刚一声欢呼
满树的叶子就鸣叫着飞上了天

谷雨

每一滴都是受孕的
仔细听
周围是胎动的音乐

春天里充满了暴力
我生如草木,血管里不断爆发
死亡和新生的脆响

此时此地有云无雨
所有我写下的都是想象
现在最需要的

是仓颉作书,重新赐我们文字

这个春天

这个春天,我看到的天空比井口大
比我的一个意象小。咫尺之涯
就是我的边疆

这个春天,失去的与得到的基本相抵
骨缝里的寒气,呼吸中的沙尘
还有几缕迷途的花香

这个春天,不知道需要多少场细雨
才能使我的人生不断辽远
才能让风的影子飞高

这个春天，我没有种下一只翅膀
只在诗行里给几粒种子安了家
如今，词语也许已经发芽

这个春天，我把天空一再深翻
把来年的云朵犁成了田垄
藏起来整个天堂的黄金

夏至记

我一直没有动。太阳把自己抬到了最高
一片积雨云，挡住了它的目光
——这是对流层的事，我无法改变

从今天起，它转身南行，凉爽是暂时的
它丢下的热浪，足够我们成熟
爱就是这样，像苦难，一切会适可而止

身体里的凉有冰雪的深度。冷热正好相持
人是上帝的杰作，灵魂是它的通灵宝玉
——我时刻保持体温正常，任风生水起

我的汗就是天空落下的雨。随地球旋转
但不能疯狂，地球的事关乎人类
除非一切停下，陪我漫研几句汉诗

——我只能用这片带雨的云,擦亮天空的蓝

秋日放歌

秋日,天高云淡,神清气爽,我要到旷野去
身不能出去,心要出去
我要让灵魂的影子,站在东平湖畔放风

我要看一湖的水长满皱纹和云影的老年斑
秋风把我俗世的影子随意改写
我不学弯腰的芦苇,我要学好汉放歌

我要看风如何扶着波浪站起,又在岸边跌倒
我的诗句简洁、平静,通天光地气
像风,在水上飞,吐纳之间,令湖水起伏

秋日,我大彻大悟,内心里长满了湖光山色
那一刻,我站在哪里都是船头
双臂一挥,整个天空就成为鼓满的风帆

——飞,还是不飞,我都做好了准备……

秋风辞

秋风是删除辞
秋风伤人,伤的是心,是骨头里的骨头

秋风让江河向土地里藏,让波浪在泥土里安身
秋风让花朵乱飞,让花魂无依无靠

秋风让石头外表光滑圆润,内里纹路纵横
秋风让时光越来越重,露珠的眼睛越来越冷

秋风让石头活着,让火焰在灰烬里喘息
我内心孤绝,泪温热

张绍民的作品

国度山水(组诗)

看山

人生多多少少羞愧与遗憾
青山用它的呼吸抚摸我
青山不给人生压力,只给安慰
辛苦的山啊你要安慰任何来者
越给予越安慰越富有
一生拥有青山的富有
建立内心的新天新地
在仁慈的山里放下对尘世的忧虑

破绽之美

山里湖,山的一块破绽
大地身上的湖,水的一块破绽
就像灯盏为夜之破绽之美

就像眼睛为美的破绽而存在
就像鼻孔呼吸为生命的破绽而设计
把山顶湖这块破绽贴在心上
可以给灵魂洗礼
灵魂被洗干净就可以保存到天堂档案里

青山如药
青山如药，成为知音
与青山说话，一一放心
因为青山不会传话，不会嚼舌头
它只把自己拿出来给尘世疲惫的旅人
面对青山，有多少羞愧
人做过多少伤害自然万物的事情
然而青山却总是奉献
总是问：你好吗？
总是说：加油啊，人生

用名山作为下酒菜
有山岂无酒？史上的名山
提一壶酒，在人群中找登山的知音对饮
山记得那些有酒的美好时光
诗句更把酒与诗歌放在句子里流淌
青山如酒、如菜，青山如心摆在对面
对饮。山下，用名山做下酒好菜
因对名山敬畏，筷子只做样子

夹名山品尝而又放下,呼吸这双筷子
早把名山夹给灵魂吃

听山
听青山,青山就像刚出生的婴儿
青山在眼睛里,目光听它
青山在耳朵里,耳朵看它
听到了光从青山身上流出甘泉
青山把自己的汗水浇灌给听山者的心
就像浇灌麦苗,麦子收获了就要回天堂

山的汗水
山知道自己的汗水
从耕耘的动词身上流出来
从动词的脸上流出
从登山的脸上流出甘泉
青山的泉水,汗水多甜
人生如山,只要他给予出人意料的平安
只要有灵魂的天堂
汗水流出溪流也好

每一座山
青山,爱你。国度里每一座山都爱
每一寸土地都爱得更深
当大地来到山顶,当登山来到山巅

就要摸到天上时
要珍惜成为一个天上的人的机会
要敲开天上的窄门进去
这就是登山的心要做的

读经处
读正确的书才可以洗心
读经可以救灵魂
读经就是吃草
迷人的读经就是在青草地吃草
封面与封底两扇门认识真正的读书人
开门进去，光的句子就像炊烟
向上，仰望星空
读经就为了更好地仰望

波浪立正——栏杆
是的，波浪站起来了
是的，波浪立正夹道欢迎
就像红海的波浪分开让以色列出埃及
是的，今天就把峡谷作为长凳
走不一样的道路有不一样的心情
是的，群山让路，为了一颗心走好
不要害怕走过去，因为你一直与我同在

登楼

一次著名的登楼留下教材

如何进入经典句子

如何从经典句子中出来

句子的脚印已经很经典

经典脚印不想一直躺着呢

脚印里一粒种子像心发芽长出树苗

树苗也穿上经典的鞋子

走得更青山绿水

江心洲

一块补丁补在江河中心

就像一条裤子上

有一个补丁作为风景

补丁一年四季都在造句

很多造出来的句子溜下江

游泳到远方去了

那个诗句

游泳到很多人生河流的阅读中

桃花开会

每年春天,桃花叽叽喳喳来开会

桃花只说春天的风

春风就是桃花的会议室

会议室奔跑在火焰的碎片中间
会议室很会跳舞
会议室里桃花的蝴蝶都不长篇大论
所以会议室记录了无数火焰的翅膀
在打开一种盛开的胎记

山顶

山顶虚心的人就有幸福
可以摸到天堂的门
到了山顶就离天上近了
看人间就看得小了
人间在心里成为土地
温柔的人在山顶
像云雾一样柔软有福气
山顶清心
就能见到生命就是道

一座山

时光阅读一座山
就像阅读山上的树叶
在风中翻开沙沙的声音
历史的脚步声就像树叶的声音
在心上走过

喜欢游泳的山

山喜欢游泳喜欢到天上游泳

在天堂的肚皮底下游泳玩

要找到天堂游泳的境界

天堂也给山面子

白云来给山擦澡

爱到了高度

有了纯洁相伴的深度

源

山水之源让人想到伊甸园

人生的河流奔波太久请回到源头

请回到泉眼的故乡

泉眼是水的戒指

人生河流回到源头境界的山水

就回到家，做生命树上的一滴露珠活水也多么幸福

请一滴活水开心掉入泥土

发芽长出一张犁

进行感恩的耕耘

群峰

一群山远比一群钱珍贵

一群山多像一群亲人，同学，朋友

群峰都有自己的高度，不贬低对方

山峰与山峰保持适当距离更美
看看山峰与山峰如何交朋友
就知道如何在人群中手拉手
一个山峰也怕寂寞就喊一群山站着聊天
在尘世也要有一群山峰一样
有一群互相绿化灵魂的弟兄姊妹朋友

一颗心与青山
心不干净,目光就不干净
怕自己的目光弄脏山
为了不侮辱山的清洁
就把自己的心先用镜子洗一洗
带着愧疚来到山面前
青山的目光深入人的呼吸与目光
说看到一个悔改的人
就像捡回一件丢失的宝贝

雪鹰的作品

乡愁（组诗）

老宅
猫走了，狗也走了
那一窝鸡娃子各自
找食去了。老宅老了
父亲将它交给了母亲
母亲八十岁了，没有精力再喂
一窝鸡娃子。她搬进了哥
的新房，临走时母亲
把老宅托付给一窝麻雀
三只耗子和那枚黑扣子
一样的老蜘蛛
母亲不放心，时不时过来看看
嘴里常常咕叨着。可能是
向父亲解释什么

或者对那三家人家不满
可不是呢！地上的那家
就知道翻箱倒柜
把她的衣橱当成了新家
房顶上的那家，只知道
吃饱了就闹，闹够了吵
把她的瓦片都踩掉了
那个老寡汉条子，游手好闲
不饿急都不下网
也不管什么季节，这网都下到
堂屋桌上了。从不知道收拾
母亲很生气，这么好的老宅
就这么废了。这些
不上道道的东西！
那一天，我告诉母亲：
过几年我把老宅重新翻盖
我老了，就回这里陪您看家
母亲乐了：好啊
再孵一窝鸡娃子
我帮你养着

家园

母亲用一把锁，把锈迹斑斑的往事
把我几十年的眷恋
全部封在衰老的园子里

上个世纪垒建在泥土里的家
还是那么牢固。只是荒草疯了
没有人为它梳理头发
老榆树牙齿脱落，满脸堆积着愁苦的岁月
空洞里流着不舍的泪
打开房门，一股气息扑面而来
那是曾经的清苦而温馨的日子
正在霉烂，多年没能曝晒
就像儿时旧袄里的棉絮
当我试图抓起时，已经无从下手。在时间的风里
慢慢飘散。
那熟透了的谷穗
抖一抖，种子的金色只一晃归于泥土
暗合我的一生

初冬，我陪着娘到老屋寻找火盆
这些傍晚的阳光
已进入衰老的年龄
血气和热情都留在了过去的季节
现在，只能为老屋提供光亮
它的温暖尚不如三十年前
茅屋里通红的火盆
这空旷的老宅，衰草封门
数代人苦心经营的祖居地
而今没有了猫狗猪羊

甚至没有了燕子没有了麻雀
瓦楞里，凉气瑟瑟
门口的压井，秃秃的井筒上
早已没有了活动的把子
母亲掏出一串钥匙，小心地打开房门
屋里陈设依旧，空间依旧
气息还和三十年前的一样
静静地围在周围
地上很湿润，墙上很光滑
床挤着床的茅屋，土墙也很光滑
六个孩子一起将冬天
挤走了一个又一个
而后，他们又被时间纷纷挤走
母亲坐在凳子上，夕阳照着
她的脸上泛起了红光
她说喜欢这老宅里的气息
喜欢六十年前她第一次踏进老宅
听到父亲赶回家的羊儿的叫声
喜欢父亲每日晨起时，那洪亮的咳嗽
她说她能听到，在这里
每天总要找个时间，过来听听
只有这老屋懂她，也只有她懂这老屋
老宅真正孤单，是从去年秋天开始的
父亲咳嗽几声后，就让我们
把他的家搬进了庄西的花生地

母亲说,过几年她也搬过去
那里的气息,就如三十年前的老宅
现在,母亲要陪着老屋
要每天过来和老屋聊天
我说天冷了,您的手冻凉了
母亲说,不怕冷
你大已生起了火盆,多暖和
是的,我看到老宅里红红的火盆了
这红红的火盆,我要重新找出来
然后点燃
是为了取暖,也是为了那熏人泪流的亮光

黑夜里,那盏油灯吱吱地叫
娘的针线筐是高粱秆子编的
里面有针头有线脑
有一家人的温暖和体面
墨水瓶制成的煤油灯
在案板上,开出昏黄的花来
娘在案板的那边
树皮一样的手,对着灯光纳鞋底
吱溜,吱溜,吱溜
娘熟练地拉着麻线
针脚在鞋底上踩下深深的印痕
如同撒了一地的芝麻
案板的这边

她的小儿趴在书本上
歪歪斜斜的蝌蚪在本子上游走
吱——油灯闪烁,更亮的光
一股焦煳味被声音传过来
娘拿起剪子,把小儿额前的头发
剪去一截,像茶壶盖掉了一块瓷
娘继续拉着麻线
每拉一针,都用牙咬住,绷紧
如那菜青色的日子
每拉一针都瞧一眼对面的小儿
瞧瞧那些游动的蝌蚪
她期望着,哪一天会有一地的青蛙
在阳光下,在豆苗地里跳跃

花鼓调·眼泪寨
九十年前,四爷到扬州去买四奶
交钱时四奶问:"夫,家居何处,有何风物?"
四爷用沿淮花鼓调唱道:
"九连塘,大世面,棒槌山,眼泪寨——"
"多好的去处啊—我的小乖乖——"
四奶满怀喜悦随四爷返乡
来到泥河南岸的油坊王家,滩涂地上
茅草庵连着九个小水塘
四奶奶一气之下唱起了评弹:"分明是——
蛤蟆尿尿,把饭要。哪有什么山和寨

哪有什么大世面……
无良王魁说假话，杜十娘我，要回家——"
四爷一听来了火，张嘴又唱花鼓歌：
"这里就是你的家——你是俺的孩他妈——
你先上俺的棒槌山，再还侬的眼泪债——"
四爷拿出了棒槌……
四奶用了一辈子的眼泪
也没有还清苦命债

风吹过（组诗）

我不知道风往哪去

关键，它是一股恶风
是日下的风，带着
几千年的腐臭。关键是
袁世凯天天看邸报
遗言也哀。真假还让人唏嘘
皇帝的新装，只穿了八十三天

关键，这是一个旋风鬼子
小时候就用唾沫吐它
它还没有形成龙卷风
还在晕头转向的打转转
还只算得上邪气，煞气
我还可以用唾沫，避它

而今依然在循环,甚至
连唾沫都不能吐
只能憋着一口气,一口痰

总有一天要吐出去
而且说:呸,呸,呸
而且说,我不管你
怎么个循环,你这个
旋风鬼子,你不知道该往哪去

风暴

风暴,其实是暴风的翻版
秩序的颠覆
刮不动的有磐石
大树,蒺藜,黑礼服的乌鸦

那些老实的庄稼,无根的浮萍
和溺水的野草
一律要重新站队
按照季节的需要
翻印东风或西风
实践破与立的哲学
骨头和头发,找到了可比性
低头吃草的牛羊

可以错过风口
可以避免,被卷走

风吹过
风吹过,一片颜色翻滚
金属铿锵,生命铿锵
风吹草低,一望无际的牛羊
白毛,黄毛,黑毛。头在土里
倒在风里。风吹过
石刻的三千年
纸印的一百年,我的
五十年。风吹过
木讷的眼球,白的
黄的,黑的。一晃而过
恍若未吹,又恍若吹过
脑髓。风吹过
一地碎片,后脑勺
一天天,发凉

呼啸的堂风
翻过来看看,已经不是季节的事情了
你哈着热气的脸,附着一层茸毛
是苦霜还是真的朽了?背后的雪景
空旷辽远,夏天遗留的脚印
为鼬鼠提供了,通往难窝的暗道

我，还能说些什么
这已经不是季节的事情了
这风，来自胸腔。它窜到了口齿
遍地都有舌根在发痒。而你
还和当年一样，哈出一口白气而已

但风是不会掉头的，甚至是无声的
最多在原地打个转，我们称之为
旋风鬼子。我们曾经一起啐他
——呸，呸，呸呸呸

陈群洲的作品

春天的另一场风暴,大于世俗跟闪电(组诗)

这一刻的祝融峰只适合跟神仙对话
喧嚣跟着云海一层一层退下去
一天中最静的时刻,我们抵达祝融峰
这红尘与仙界的中转站

学着菩萨将肉身放下。晚钟响起
风,自四方吹过来,吹散香灰
落日,人间的忧愁,也吹掉我们的喘息
身上的汗渍和形形色色的欲念

晚霞依旧呈现着世俗的红晕。群峰列队
匍匐而来。它们,不需要占卜命运
朝圣,仅仅为了一次纯粹的膜拜

菩萨崖有春天的风暴

不到菩萨崖，不知道菩萨永远在春天的最深处打坐
不知道它持久的修为，能让拳头大小的泉
找到海，让多少纸质的朝代
在晚钟之外，烟一样散去

落叶又一次收紧了翅膀。野草们在低处
抬起一条条露珠的河流，白鹤翻飞
这些时光的帆上，挂着耀目光芒

除了在枝上长出新叶，春天
还有更多绽放的方式。惊雷起自内心
菩萨崖上，群蚁狂欢，云朵在奔跑

离尘世愈远，离天空就愈近
石头上的小路，再延伸
那么一点点，就会见到传说中的神

芸芸众生来过高处。李一平，张紫薇
人世间这些细若尘埃的名字
曾经地久天长，共过爱的生死
这存于春天的另一场风暴，大于世俗跟闪电

雾凇，一次又一次虚拟过暮年的衡山
风雪雕塑着时光里的万物
云朵停驻。衡山又一次被烧制成瓷

鸟雀迷失于归途。草木终止长势
却获得了自己想要的形状
生命的原点，是不是都发轫于虚无

自然界的手笔比艺术家更为大气
白发苍苍的衡山，老态龙钟
异形的美，凝练而从容

天空降临人间。星光低垂
一张白纸上，有妙不可言的春天

海是有生命的翡翠
我所看到的大海真的有生命。翡翠
正以液态出现。它磅礴的美，令人震撼

内心光芒涌动。它的柔软
有与生俱来的舞蹈功底，不知疲倦
风，试图切割它。但总是徒劳

在大海面前，我犹豫着迟迟不敢下水
生怕自己的鲁莽，会伤害到
一块玉的纯粹与完整

从此，我将彻底改变对玉的印象
和田。岫岩……那些传统意义上的品种
那些所谓的人间极品，在海的面前
显得多么零碎和小气

小站陵水
此前，我知道北京的十三陵水库，不知道陵水
不知道比蜘蛛网还密的祖国铁路线上，南海边的一个小小圆
点，叫做

陵水。环岛动车的四等小站。跟朋友在乡下
老家的房子差不多高大。三亚发车
17分钟，就完成了几个城市前世今生的

穿越。穿越风，穿越雨，穿越一路霞光与夕照、桉树丛
芭蕉、披头散发的椰子树。17分钟，相当于我从衡阳的
太阳广场，步行到船山西路或者蔡伦大道的时间

白白净净的陵水站就已经到了。千真万确

朱继忠的作品

东南行（组诗）

路过周洛

递给周洛一个半小时
溪水潺潺，一条石板路
向山而行是最好的
目光短浅，飞瀑流长
长满眼睛的绿色，放空
一路的汗水，转角处的风
追着若隐若现的阳光
从情人湖坐船进来，交给
陌生而熟悉的山和水
就像路过一段过往今生

到衡山

坐在半山亭吃饭
就像被佛托着我的腰身

盘中一荤三素，有些奢侈
虔诚如头顶的古树
不担心鸟叫和虫鸣刺耳
阳光合手于餐碟，肃然端坐
偶尔跌落几片叶子
像抽走几本旧书，泛黄的部分
和白发无异，浸润得很重
搬开几颗石子，希望被嫁接

在莽山

往南，莽山不可错过
五岭之中，留有闯王的传说
进山，确实需要一股闯劲
几千公顷的原始森林
看不到几个人和几辆车
攀上将军寨，听到战马的声音
怪石嶙峋里还有冲锋的影子
兀立的将军石，可以俯视
每一步必须小心翼翼
踩着绿色，透着殷红，有点胆怯

雾漫小东江

傍晚见到雾漫小东江，需要运气
我带着虔诚而来，为一场雾
对早晨的雾已习以为常

撒网,收鱼,熄灯
阳光染色,一张照片已定格
此时,我只想留下两张
一张补白虔诚,一张交给晨曦
两岸青山正在对饮
遁入久违的雾气,我心如止水
和眼前的小东江一样,安静

访永兴银都

到银都,就像一个俗人
寻找一栋用白银浇注的银楼
幸好不能带走,满院银光
还想起雪花银,想起卖炭翁
幸好阳光很明亮,不至于刺眼
银杯,银饰,银牌……
匠人的脸色很严肃,很认真
隔着玻璃窗,像隔空对话
给银器上色的少年,熟悉而陌生
像走过几个世纪,从未离开

望月湖(组诗)

1

望月湖,适合赏月,以前是湖
在湘江和西湖之间梳洗

在麓山古寺的钟声里打坐
陪龙王港侃侃而谈
聊一江秋风,交汇些心事
从东往西,由南往北
时间很潇洒,故事很悠长
十几分钟就可以解构或者串联

2

文明小区的门楼,其实没有门
装着数万人的表情和色彩
涂抹秋天,愿意在风雨中沉淀
不需要仰望,表情包甚至是通俗
来自湖底的通俗,沉于心底
冲积在阡陌,绿树,灰墙之间
以道德塑造一种银行
红手链诠释优雅,接入麓山风流

3

小区是开放的,围墙是江,是山
这一片天地就是她的江山
小区也不是开放的,秋天的影子
填满每一个角落,每一片绿叶
一切都很小,如湘江的一枚纽扣
也很大,大到可以通江达海

指点山水洲城，可以把酒临风
装下风云里的城市乡愁

4
白沙液街，走过的次数最多
酒香在我来之前已经窖藏
窄窄的路和巷，喝醉了的样子
那棵老樟，那口老井，那间老屋
不过是上个世纪慕名而来
端一杯酒，交给浅唱低吟的节拍
开始精修底片，冲洗一段时间
正在谱一曲朴素而华丽的秋声辞

5
故事，一直在上演
每一条街巷，每一棵梧桐
在秋声里飘落，季节的调色板
随意捡拾，也扒不开酽酽的腔调
一地的花语，丰满每一个书签
遁入叶脉，潜入江风的呓语
在这样的秋光里，我愿意沉沦
沉沦在望月湖的每一次脉动

闽南行脚（组诗）

抵达

凌晨三点到达惠安
一碗面线糊调和夏夜
海风凉爽，从我的故乡
到达它的故乡。坐在街边
咀嚼一碗东南的甜酽
曾经，秀才的妻子急中生智
而我只是过客，可以肆意佐餐
飞奔而来，没想过安营扎寨
陌生的城市像一只水鸟
掠过炎热。似曾相识的街道
一些棋子被迅速打磨
愿意在这里，在石雕的时间里
想象被切割的疼痛，用地瓜
粘合，深夜的海风与山林

面朝大海

在东海和南海的气候分界线
找不到分隔的讯息和符号
海天相接，泾渭分明
大船慢得有些心急
小木船随波逐流，不敢想象

海平面一望无际的坚守
脚下的礁石，在回应什么
蔚蓝，深黄，黝黑
只有虔诚才可以抵达
那些防浪墙，挡住我的思绪
在岸边，也是远行的姿态
面朝大海，寻找多年前的自己
那些陈色的灯塔，一直等待
等待一场誓言或者约定

流沙
在海边感受流沙
就像我离开家乡的瞬间
被一阵风浪侵蚀，脚底在掏空
还有无由的摇晃感
蔚蓝，终究只属于大海
脚下的流沙浸染一片夕阳
不敢深入，不想带走一颗贝壳
从千里之外亲近这片海
犹豫无数个日夜，像留恋炊烟
只用相机记录阳光下的影子
那些涨落之间，需要抓拍
和远方的帆船一样
在大海之上。月落之前回家
踩着流沙，不让她飞进我的眼睛

听海

没有礁石那样虔诚
海浪声声,我站在礁石之后
与想象中的海如此接近
如此真实,和倾听心跳一样
这种气势不敢把自己交出
退到一片林中,任海风吹来
和礁石耳语,只有涛声
蔚蓝的声音离我太近
佩服那些在吊床上酣睡的人
拍打的姿势一成不变
可以想象遥远或者汽笛
回到岸边,只有沙滩和脚印
和黝黑的礁石一样,沉默
留给由远而近的灯塔

老君岩

这是我第二次来看老君
脸色多了几分凝重
我的额头早已是褶皱
"老子天下第一"的石柱
新涂了一层口红。也只有老君
不把刺眼的柱子看在眼里
一直在默念什么,飘在风中

就是喜欢这股清凉之风
我十六年前只是匆匆路过
此时,在正午的阳光里走来
和斑斑点点的光影相遇
希望找到几片书签
和小松鼠一样,蹦出无所顾忌
松果里,聆听石头的声音

清源山

正本清源的事,交给他吧
老君在,弘一法师在…
我带着满怀的炎热
向一座并不高大的山倾诉
清凉,不需多说
在东南一阙,浸染海的风味
安静得让每一缕潮音心痛
沿着山的腰带行走
就像给东南之巅作揖
隐入其中,心若无尘之境
透过松风的海,一伸手
消弭无形,如青翠过滤咸腥
摘下眼镜才是真实
每一块石头,都在扣响骨节

湄洲岛

登湄洲岛的人都会带上香烛
带上赶海的序曲,因为有妈祖
三亿人的图腾,无宗无派
美好的传说或者神一般的祖先
在大海里竖起航标和灯光
岛,就像戏水的孩子
男女老少的信仰和膜拜
只想给心中的孤岛牵一个同伴
海上布达拉宫,年轻俊美
从不吝啬桨声和笛声
每一句祈祷化作远航的节拍
归来,海平面的朵朵浪花
就像一张张笑脸,轻轻掠过
妈祖,就多了一个个孩子

开元寺

泉州西街,凭仁寿塔找到开元寺
从唐朝走来,斑驳一些时光
午后的阳光里,弘一法师也在
我不懂儒释道,参悟不了虚实轮回
只相信每一棵树是幸福的
每一块砖,每一座坛都是坚强的
沐浴仁义礼智,聆听佛号梵音

没有人喧哗,没有风乱吼
适合在此暂歇,适合思考悲欣交集
不需要带任何多余的行李
有些累赘,不要成为远行的摆件
盛唐而来的洗礼更有韵律音阶
海上丝绸之路从这里起航
每一艘船的弦号,分明都写着"和"

崇武古城
在崇武古城,主要是看海听涛
城墙不老,海风很旧
站上炮台,适合等待一些声音
我在河边长大,不敢下海
没有比深蓝更让人肃然起敬
被城墙庇佑的安静祥和
把石雕作为馈赠。坚忍勤劳
筑起另一种底色。用海浪冲刷
礁石的筋骨留给海天相接
有些驳船在移动,颜色不一
呐喊声成为潮声的一部分
东海和南海在此交汇
季风吹过,分不清咸味和腥味
记着脚下的海,浪就温柔了

叶德庆的作品

力透纸背(组诗)

纸背

小时候,没有橡皮擦
沾点口水,抹去错别字
作业本破一个小洞
撕下作业本一角
粘一粒米饭
补在洞上
有过许多这样的补丁

渐渐长大,再也没有弄破纸背
也没有写出力透纸背的文字
直到有一天
写一份父亲的生平
我迟迟无法动笔

簌簌的泪水
滴在纸上
透过纸背

错币
钱包里有一枚随身多年的铜钱
母亲说，那是做人的道理
外圆内方

我去了一趟外滩，过去的租界
街边的欧式建筑
以前都是外国银行
门前清一色顶天立地的圆柱
后面方形的门
李鸿章的"轮船招商总局"
也是外圆内方

他们都是对的
母亲更是对的
是我的错
我长成了一枚外方内圆的
错币

见字如面
"儿，见字如面！"

这是父亲给我回信时永远的开头
第二句是春暖了,或者秋凉了
冬寒了,或者夏暑了
信里有我站在床头
父亲为我更衣

母亲的关节痛好一些了
每一封信都夹着母亲的痛
妹妹、弟弟在读书

自从我离家
父亲把家搬到信里
信里住着一家人

每一封信父亲少吃一个馒头
换一张八分钱的邮票

梨

母亲说
梨不能分开吃
我从来都是一个人吃一个梨

一直在经历分离
父亲去天堂时的分离

我从家里搬出来
和母亲分离
弟弟妹妹也有自己的家了
手足分离
最后一次是和我的故乡分离
我拎着皮箱离开了十六铺码头
这一次,泪水和我分离

王晓露的作品

直布罗陀

站在欧洲的最南端
左手是矜持,右手是放荡
两块大陆之间
地中海和大西洋
舞动着蓝色的火焰
水面下的欢愉远胜于水面之上

一道窄窄的海峡
抹去远古人类向北探索的足迹
阿特拉斯山一定亲眼见证了
亚特兰蒂斯沉入海底
繁荣瞬间消失的痛
多过撒哈拉沙漠的沙子

八世纪阿拉伯人征服欧洲人
十八世纪英国人征服西班牙人
一千年前谁是王,一千年后王是谁
直布罗陀不在乎
这里讲英语的人有西班牙口音
讲西班牙语的人有英语口音
这里的机场跑道和公路
欧元和英镑
不同国籍,不同肤色的人
都学会了和平交往
是啊,有哪一种争执
比海水和陆地更漫长

西塘月影

一个带水的小镇,
在江南安放。
一条依着水的长廊,
合乎情理出现在小镇的中央。
木柱起了褶子,
包住繁华和苍凉;
青砖规则排列又无序磨损,
各自承受了多或少的践踏之殇。

石皮弄的黑与白，
割据着各自的时代痕迹。
月色无法介入，
置身局外，静听风从弄堂穿过。
流水在石板下窃窃私语。
个人的不幸只可和月亮讲述，
冷冷的光泽不担当罪责，
也不以救赎者自居。
它在镇上徘徊，从来只听不说。
擅长掩盖、淡化、归于宁静。

如果你来自远方，
请不要追逐人群的拥挤，
和太阳的热烈。
喧嚣总是沾沾自喜却毫无意义。
请在夜幕来临前，
在拱形桥头的石凳上安静等待，
看着晚霞退去，
看着月亮升起，
在月影里浅尝孤单的甜蜜。

巴黎梦

旅行，源于好奇和梦想
我们把一个个美好的期待

汇聚到一个具体的地方
然后不辞辛劳
用行李装满兴奋前往
圣心大教堂的台阶上
坐满了各种人
来自不同的地方
想着不同的事情
眼睛看着同一座城市
耳朵听着同一位歌手的摇滚
把自己的情绪向中世纪释放
埃菲尔铁塔，罗浮宫，巴黎圣母院
蛇形的队伍
浪费太大的毅力和太久的时间
肤浅地品一品百年千年的佳酿
不如去塞纳河的游船上
吹吹风
看看古建筑凝重的青灰色
和情侣们偎依的倒影
翻动了河里文艺气质的浪
旅行
时间和空间的较量
成长和阅历的纠缠
有限的生命实践着无限的遐想

国王小道

一条栈道隐于峭壁
如卧龙,不想张扬
国王金贵的足迹点亮了它
吸引世人目光

探险者前赴后继
有人坠落山谷成为这里的一部分
谷底芦苇里有鸟鸣和流水
有一棵松树躺在湖心

不清澈的湖水
同样拥有宁静的权利
天空的纯蓝
也可以和它一起进入相机

浩荡的风啊
它只在高高的山顶
摇晃着凌空的索桥
摇晃着惶恐人心

天子山

从未见过
如此孤独的石头-
直立在天和地之间
没有路,不愿被征服
亿万年来白云梳头
飞鸟耳语
心,不曾颤动一下

招小波的作品

虎啸出诗歌
——致王法

一口气读完
王法诗集《东北有虎》
感觉他就是一只
长白山的东北虎
虎啸出诗歌

假如我去见他
我渴望变作一只华南虎
泅渡松花江
游向长白山
在森林与他一起长啸

我坚信
他的诗是吼出来的

他有一腔虎肺
每一句诗都带着虎威

到南极采块唐代的冰

听说南极的冰层
像凝固的鸡尾酒
每个世纪都有一层

我想在冰层开钻
穿越到七世纪
采一块唐代的冰

我要用它来煮茶
好仔细品尝
一千四百年前
中华民族
迎接万国来朝的喜悦

我要用它来研墨
好学习李白
写一首
《将进酒》般磅礴的诗

谁在我的鞋子盖上印章

青青农场的勒杜鹃
美得像天然的芙蓉幛
打着罗伞的老榕树
给我一片清凉

一坨鸟屎
落到我的鞋上
似是为我的脚盖上印章
准我进入羽客的界疆

谭应林的作品

神奇的谎言

泸沽湖
一个遥远的传说
不
其实是一段很近的谎言
一段善意的谎言

蓝天白云下的一座湖
咋就神奇了
策划者小心翼翼触摸着
打算用谎言
去开天辟地

花言巧语的故事骗你
无须商量

于是捕获着人们的好奇心
左思右想
脑洞大开

走婚
以一种文化的形式出现
播种着谎言
精雕细琢的
谎言

用十八层纸
包装　打磨
便分娩了故事
常说故事里的事　不是也是
说的不就是泸沽湖吗

清澈的
沉睡着数千年
藏于深山
羞涩的
似乎在等待着走婚

泸沽湖
从此被谎言　唤醒
宛如一个睡美人

招惹着人们蜂拥而至
人们雀跃着奔走相告

文人墨客耕耘着
歌迷舞者疯狂着
好色之徒企盼惊喜
猎奇之人趋之若鹜
发烧驴友打卡不止

深闺未识的泸沽湖
从此闻名遐迩
她　微笑地向你走来
四面八方的人们云集
争先恐后拥抱她

泸沽湖
俨然像灵魂塑造的一样
不一样的美丽
不一样的浪漫
不一样的神奇

那浑然一体如诗如画的山水
那奇谲诡异变幻莫测的云彩
伴随穿越历史隧道的记忆

徜徉在走婚桥
迷乱了你的想象

你的足迹
见证了谎言赐予你的
美好时光
抑或轻放
自己历史的陈列窗

当你拍打记忆的封尘
一定又会沉浸在那谎言里
回味着美丽
感受着浪漫
品读着神奇

马门无际的作品

夏日的村庄

远方的白云
是一卷散发着唐代墨香的宣纸
而低矮的村舍
就像王维的五言绝句
它们晚上写着诗
白天做着画

琵琶一样的雨点
把青青柳色,弹奏得焕然一新

起伏的蛙声
催绿了江南成片的稻田
白鹭,是稻田的星星
翅膀上长着西岭的白雪

那些反复、排比的瓜果
就像一首长长的叙事诗
写下了村民，祖祖辈辈的悲欢离合

我把蓝天铺在桌上
把村庄蘸在笔端
却不敢落笔
眼前这片土地太需要浓墨重彩
我担心作画的颜料不够

故乡，是一首怎么也写不完的诗

我的诗歌在故乡的泥土里蕴藏了很久
它想要钻出来
开成路旁一朵一朵的花
结成藤条上一串一串的果

我的诗歌是故乡小溪的鱼
它在水里自由自在了一辈子
既不要担心布满陷阱的网
也不要留意挂满诱惑的钩

我的诗歌是守望故乡稻田的白鹭
它的翅膀落满了冬季的雪
飘浮着夏季的云

我的诗有时候是弯的
就像父母的腰，再也伸不起来
有时候是直的，就像后院的竹子
既然生就了气节
就不再柔若无骨的低头

在浊世里也好
在清流里也罢
我的诗歌总能散发出故乡的藕香

当故乡遥望蓝天的时候
我的诗歌还会做梦
梦中的草原牛羊成群
那里的山峰六月飘雪

一条河

一条河
年复一年
两岸的风景依旧如画
飞鸟也似曾相识
只是流经的水，已恍若隔世

我像鱼一样起伏浮沉了一辈子
有时追波逐浪
有时身不由己

想哭的时候
我会像波涛一样呐喊
但从不流泪
因为河流就是鱼的眼泪
鱼原本就是泪水里泡大的

我沿着纤夫的足迹踽踽前行
一不小心,就会踩痛深埋在泥沙下的船夫号子

命运的终点是辽阔的大海
那份刻骨铭心的爱如同坚硬的石头
固执地沉在河床里
没有被流水带走

谁愿意逆流而上,耗尽一生?
谁不愿顺水推舟,乘风破浪?

"江畔何人初见月,江月何年初照人"
今晚的月色,将带着禅意而来

方雪梅的作品

小暑

像升起的旗
暑气驾着热风与蝉鸣
沿湘江北上
声势并不浩大
也非一场低调的私奔

梅雨关闭之后
思念如期前行
仿佛热带气旋中高飞的鹰

时令已经入伏了
我的玫红色小本里
结满你的背影
密集如枝杆上饱胀的棉铃

伏天
孕穗的不只是地里的中稻
一种清除了角质的感觉
早已暑气蒸腾
只待锋面雨　瓢泼而下
将三个热极了的字　开闸放行

与十朵百合花密谋

在客厅
与十朵百合花座谈
它们有的敞开
有的关闭　与我一伙
每一枝　都是时光的载体

无法为百合们端上晨露
就沏一壶野生春茶吧
温和的礼数
总是从民间出发的

不必动用语言
大地上口水投掷时
南丁格尔的手　也不能
缝补褴褛的世事

我与十朵百合密谋
在这个雨狂风急的年景
香他方圆几米

绢花

我自鸣得意
在朋友圈晒出
藤篓中蓬勃的满天星
淡绿枝叶　钛白花瓣
像梦里的秧苗

闺蜜一句短评
枪击了我的陶醉
无香的花　欣欣向荣的谎
都是死的　如
打了封条的心

烙饼

在热锅里　翻来覆去
北方的麦子　居然听得懂我这个
南方吃货　味蕾的叫喊

麦子们设计了烙饼的香型
是卧倒的平原
是流水　炊烟　汗珠　晚霞
和垦了又垦的土地的芬芳

烙饼的时候
我似身怀绝技的人
听翻动的秋天　在木勺下
哔剥作响

周守贵的作品

距离

秋天的青竹撑起天空,
是雨后春笋的旧地址。
在南山的眼里,一晃就是一个夏季,
一晃就有一批新竹衍生成海。

当我置身竹海,
每一片叶子晶莹,仿佛一滴滴海水。
每一根青竹纯净,仿佛一朵朵浪花。
我们就是一个个蠕动的水螺,
游弋海底,沉醉于竹海辽阔的绿波,
却始终无法与青竹亲切地交流切磋。

竹海红尘

清净的竹海,其实也是最深的红尘。
面对每一根青竹,我们即便用尽一生,
难以抵达它的内心。即便风刀霜剑
奈何不得它的肤色和气节,
有时肩上遗落的繁星,仿佛一袭袈裟。

那深扎山体的根须,就是一位觉悟者
留下的无声脚印。此次相遇,
让我们离菩提更近,仿佛它们
就是万千菩萨的法身。
我也想化为一根青竹,立于僻静一隅,
期待有缘的你从我身旁无视地穿过。

或者模仿那些游客,
把你的念词,在我身上用力地雕刻,
我疼痛无语,反而开心快乐。

倘若

天空只适合回忆。更多时候
索道、竹海、南山、穿行、合影都是历史。
只是尘世的风景难以效颦,

那些倩影常在体内蠕动,让我不得安宁。
弯腰和挺拔试图寻找表达的捷径。
咫尺相对,有时却遥不可及。

倘若我是花草,也愿意在南山竹海生长繁衍
倘若我是虫鸟,也醉心于这里生态宁静而生儿育女。

七步泉,我们之间没有云雾缭绕

此时,相遇无语
山泉叮咚是我内心虔诚的表达
自然清澈,我们之间没有云雾缭绕
而举手投足,一颦一笑
都有缥缈的意境,甜美的味道

此时,我们如鹰如雁
共用分行文字抒情蓝天
而钟声悠远,流动的朵朵白莲
仿佛九子岩内心柔软的投影
护佑我今生诗性,前世佛根

只是修炼千年,执手相看
难以抵达你骨子里的坚硬
只是千年后我们早已杳无音信
早与诗仙遗风和尘世越来越远

除非有缘再度轮回

除非你再为我们祈福作证

掏空,只为储满

也许原本空空

否则,我掏空自己

时刻准备储满九子岩佛性

一角绿水青山,一缕梵音

一个镂刻大石头的"空"字

一个蛰伏经书的小标点也行

否则,度我为一棵诚实的青竹

一块守信的条石,迎来送往跋涉的风声

或为一树一树的繁花,芬芳蝉声鸟语

或为一茬一茬的落叶

安心打坐,守护九子魂脉

呼雨唤雪,化为山泉精血

不负"天河挂绿水,秀出九芙蓉"

七步泉啊,你是佛的使者

有缘于我们朝圣必经的路上

（注：九华山是中国四大佛教名山之一。唐代大诗人刘禹锡《九华山歌》第一句"奇峰一见惊魂魄"写尽了天华峰的一切。被诗仙李白形容为"天河挂绿水、秀出九芙蓉"的七布泉是景区的一道靓丽风景线。近年来，大雨之后，七步泉才能显现"天河挂绿水"壮丽奇观。）

印象中国诗人小镇

白墙黛瓦的重要部位，
到处裸露诗意的文身。
青山绿水的骨字里，珠光宝气四溢。
一不小心，诗意蕴藉的背街小巷
就会"邂逅"李白杜甫们。

尤其晴朗的夜晚，下凡的仙女
淡妆浓抹或精心打扮，总会让你
心旷神怡，诗情激荡甚至神魂颠倒。
尤其"双月奇观"，多彩"鱼鳞"，
"三潭印月"；会让你邪念旁逸，
奇思百出，扛不住她的诱惑。

壶源江诗意的念想七彩流光，
潺潺流过广安桥的明眸皓齿，
流向远方。如此这般，
就是让你们外乡人、外国人

乐不思蜀，乃至尽情地品，
尽兴地赏，吃喝游乐，诗意地睡。

一万米高空还是空

一万米的天空还是空
除了想象。空余浩荡的流云
无边的白还是逃不出蓝的怀中

此时，特大号飞机宛如一只小鸟
浑身裹紧绵延千里的白纱帐
似乎深陷白云的心脏。
我们藏在鸟肚里原位不动
谈笑。沉默。睡觉。各具神态
而我杞人忧天有点小恐慌
盯紧窗外似乎缓退的浮景
还像初飞时的好奇，初恋时的忐忑

辽阔的天空神奇无限
伟大的宇宙浩瀚无边
我们飞翔的翅膀薄如蝉翼
势单力薄就像一粒微尘
还有什么值得争夺和霸占
还有什么能够珍惜和永存

多日来,为什么我常含隐痛难眠?
是不是这次飞行中的魔幻
像尘世中缠绕的雾霾
联袂一万米高空的白云
日夜在我脑海里,浩荡

刘合军的作品

浅秋行吟

西辞五峰晨向罗霄
跟着一条路,一条向上的路,一条
云天之路,东进

众峰远卧,群山退后
疾风,滑过一代人的壮丽,车轮
喊回游子的故里,有人说
树高百丈叶落归根,水行千里难断圣初之源
今天,我一米一米解开尘世情结
和主人一样细数白发苍茫,避谈叱咤往事
不议闹市浮生,说命运之外的定数
咬住一些窄窄的词语,不让它
舒展,开阔

萍乡县志

用水泥钢筋做注脚
用阳光指明方向
用一面墙
一页纸，标示
明起民灭
我与它立在无声墙角
读岁月奔走的痕迹
听萍实桥流淌的一角
吹过多少风的往事
孔庙的兴衰
看那些人为做旧的纸和
路过古城的圣人
如，不可复制的星光
不能同享今日萍乡盛宴
秋干之季
萍水河浅掬新梦
望春水涨

去广寒寨

跟着宁静的云
朝西南流动，马老寨和钟鼓山

挤出一条去路，两边翠竹迎面而来
稀有的禾苗仍如四十年前，含着粉嫩花卉
当年踩踏过的土路，陡坡和
弯道压在沥青下

广寒寨没有大海，一条小溪流淌
八月的苍茫，这里
离圣地很远，没有没点匪气
傍山而居的百姓几乎找不到同姓，靠着
深山，延续香火
我和万青只谈论旧事和余日，眼睛
不敢离开路面，让专注的车
避开杂道

水在庙堂之上

经过十里花溪
三侯祠卧于山下，堤岸有些瘦弱
鹅卵石突出水面，不见欢腾，一条路
逃进野性的森林释放云彩，释放山的青芒

车胎碾过秋声
驶出柘村隧道，急匆匆
目光被一池清水咬住，群峰连绵如盆
可见几个小岛打坐或沐浴

这里有残留的寂静和
等待融解的肉体
溢出天堂

申时

霞光尚未离开
天空由一线帘挤入，窥探故事
帮主拉开片头，剪辑一些流逝的影子
然后，是
一个游子的枯燥叙事
众人欲言又止，国事只题半句
剩下省略或浅饮
一口气
汇成泡沫，然后又心照不宣地将放飞的眼光
随滚动落日收回，不让他
越过墙壁，飞过
界限

天下净地

在张家界，我不能和你一同登上断岩
看五指峰的夜晚，捞起海的黑，看古老的八百秀水
如何古老，又如何奔跑，看天庭来的雾气
穿过天门山寂静，让千山成佛

虽然,我看到的野松毫无表情,秋风止住
无用的言语
轻烟织回祖光沉默,峭壁拾起斧子,劈开山的肺
养分来自天边,像千万故事,随河水撕裂与重合
群山裸身随瘦马,荡气回肠,这月光之下的美好,只能
一个人于梦境行走

起伦的作品

庚子年的诗与远方(组诗)

夜宿财富山庄
我习惯将梦呓交给虫鸣
独留下山风和松涛。这些只可意会的事物
除了替我们预约黎明,还传唱
一曲黑夜的欢乐颂。夜宿南岳,谁都知道
梦里遇仙,不是稀罕事
何况一场好雨如一场偶遇
落在财富山庄,也落在我们期待的心中
写下人间佳话,又潜入无边夜色

夜
都市的夜
被万家灯火的喧闹伤害。我更爱
乡下的无边寂静,像一个

辽阔谜面，只偶尔的犬吠遥远地射穿
翻倒的酒壶，醉态可掬
一个梦，与群星比肩，该多么幸福
失眠的人也是幸福的
总有人在此刻，在你朋友圈点赞
请记住保持缄默
千万别问，那个灵魂里的赶路人
是回家，还是又在出发……

新的一天
花开一般自然。清晨的深圳
又玉树临风，站在身边
我在临海的东方银座十八楼
颇像七月树梢一只啜饮清露的鸣蝉
想要唱出内心的喜悦
上午是清闲的。烧水煮茶
把一本闲书随意翻开某页，放任追忆与怀想
我更爱伫立窗前，极目远眺
白云如马群，奔入眼帘
丝毫没有黄鹤楼上崔颢的惆怅与落寞
我想对远方的朋友说，心情好极了
面朝大海，我也该学学东坡聊发少年狂
或干脆自喻为一个爱美的小姐姐，揽镜自照
顾盼生辉。我在以灵魂的透彻
阅读这一页辽阔

八曲河的傍晚

某些动人时刻
无须精心妆容。比如
八曲河七月的傍晚，一首自然之诗
让我同时感受到
天堂的水声和人间的偶遇
没有谁提醒
我已为水里的鱼儿放弃满手词汇
放慢脚步，静下心来
能听到隐入云层的手指拨响心弦
但我做不到完全静心
满眼的波光粼粼，河畔婉约的垂柳
还有你被微风吹乱的发丝
都被我读成妙曼的晚霞
你看，传说中的金色羊驼
我的渴望，萌态十足，河里沐浴
我期待的最美妙的诗篇
正翻越乌山，款款走来
一个永恒的主题：时光与爱恋
细致安慰着我无用又漫长的余生

（注：八曲河、乌山隶属长沙望城区。7月18日，浏阳河西岸诗群同仁2020年第二次改稿会，假借望城作协八角楼圆满举办。蒙作协余海燕主席、彭赞秘书长盛情，晚餐安排在八曲河一家别致的农庄。我为八曲河自然风光之美所摄夺。涂鸦数行，以为记。）

西湖月圆之夜

如果将游人当作游鱼或有意忽略
此刻水天一色
是我眼里心里最恰当的形容
褪去白天的热烈,万物
在微凉中静下来,仿佛表达被沉默替代
在暗蓝中加深期待
我分不清西湖在天上还是在人间
我和初秋坐下来,只有晚风送来歌声
混合杭白菊和茉莉的清香,一如告白
"总有一个人让你傻得可以……"
诠释一段时光隧道的
初遇。我们在彼此凝视中读出真诚
读出西子、苏小小和白娘子的脸
天上有一轮皎洁的满月
在人间,灯火正在寻找自己的诗心

刘正伟的作品

明天

我将飞往,无垠的天空
那里没有水,石头和玫瑰

在心的囚室里,我是孤独的
没有朋友,没有爱和对话

除了踱步,还是无尽的踱步
还有六面没有窗户的墙

时间,突然强大起来
思考着漫无目的的思考

我只能轻轻地躺下来
倾听,时间在心里的颤动

囚

时间在黑暗中发出轰隆巨响
孤独告诉我,他无比寂寞

宇宙在无眠的一间囚室流转
这里见不到太阳,月亮和星星

鸟鸣啁啾和花香,已无记忆
蓝天白云在脑海日渐模糊

凌晨两点,如果这时你说爱
我将给你一天一夜的温柔

时间在苍白的天花板上沉默
宇宙,原来只是一个人的在场

海,老屋

潮汐,轻轻地掏几下窗耳朵
屋子就咿呀地说它老了
猫咪慵懒地梦着它的鲲鱼
在软布垫上,占领一方领土

时间经过，它也没说什么
只一眨眼，就留下一屋子沧桑

窗外的澳口小了，船轻了
五灵公庙胖了，红色新颜艳艳
村子里的老屋纷纷拉皮整容
迎接盛夏与络绎不绝的观光客
依稀不变的只有依嬷家，传来
那些阵阵笑声和鱼面的香味

夜里，我们踏着碎浪而来
错过了季节，蓝眼泪的幻想
潮水仍在沙滩上轻轻作画
点缀，挥洒着一颗颗闪闪星砂
或许，我们的梦里也将有一些霁蓝

张维清的作品

炊烟

那是我乡愁落脚的地方
那是我回不去的故乡

这是从火灶里
纺出的一缕紫烟
多像母亲的目光,站在村口,眺望
这是黄土酿造的色彩
尝到了故土,小村的味道

长起来,比屋后的那座山还快
上升的箭头
测着村庄幸福的指数

一根傲立人间的软骨
风砍不断,雨淋不湿
但底部从不沉沦

群起群落,挂在天空上的排比句
我不知从左,还是右
读出桑梓的愁肠

在空中,风书写一幅狂草
被黄昏收藏
站在山头,喊它晚归的牛羊和亲人

遥望山村,轱辘,水井和泥巴
装满我忧愁的鸟巢,盼人回家
遥望炊烟,我的泪滴打湿了母亲的呼唤

路灯

被黑夜喊了出来
守望村口的黎明

从黑暗的墙壁上,打出的孔
火焰,悬在半空上

从不抬头,摆一块地摊
向谁,出卖自己的桔光

风吹不走,雨淋不湿
像一朵白花,开在大地上

一点微略的光与巨大的黑相加减
难道就是那条街，暗淡的人生么

举起火把，走在那条路上
城市枕着灯光，进入梦乡

燃烧自己，照亮别人
如无悔的蜡烛

秋

雁驮走秋，呢喃和白云
驮走母亲的叮咛，小村的嘱咐

蝉，被秋渐渐封喉
艺术沙龙在林台上，告别自己的绝唱

雨，是春天没落完的，被荒芜的大地滋润，收养
风，是夏天没吹完的，一天比一天冷

落叶，赶在秋，还没用完
回趟老家

野菊花，尽情地开，开在山坡上
枫叶，尽情地红，燃烧着谁的思念

晾晒的土地，等着老农美美的心思
田野的稻茬，盘点一年的光景
梅花，苦盼着雪，披上婚纱

月光寡白，寡白的，像缺少某种维生素
从溶洞里流出的水
淹没你的相思和忧伤

从一堆清辉里，扒出的唐诗宋词
件件有我的伤悲，怀念

我把它读成月饼，尝到了故乡的风味
又把它养成月牙，瘦成了半颗眼泪

老屋

父亲亲手建造的那间土坯房
坐落于山后，像稻草人，守望孤独和冷清

四壁脱落，略显斑驳的时光
枯梁，老力撑起破败的老屋
发黑的瓦片，撑起阳光和薄霜

东侧和西侧的茅草，从墙头钻出来
托起几块压扁的泥砖
旁边树上的鸟巢，装满它的叹息和苍老

麻雀在屋檐下打洞，做窝
几粒鸟鸣守住老去的家
带上晨曦，飞到乡郊野外去捡果实
到冬天，我拨开雪地，撒上几粒秕谷和饭粒
把它们当远客的族人

大屋装着小屋，那是相敬如宾的燕子，打架，吵嘴，柔语和缠绵

被雨水打了几个黑孔的青石板
还有谁去缝补它疼痛的伤口
被两个耳环锁住的铜心，等着匙回
摸着生锈，露出黄牙的石磨
仿佛摸到了父亲冰冷的背影

父亲，每当我经过老屋
我都看到了时光播放这些经典的片段
悲欢每次闪现在穿过瓦面的光影里
看到摇摇欲坠的老屋，在夕阳里晃动
我的心一阵又一阵生痛，流血

乡村汉子

那条山路，背走汉子苦涩的背影
那条水路，背走汉子欢快的渔歌
那块梯田，汉子搓去搓回，地就黄了

茶歌满山飘，桃花开在姑娘的脸上
对歌的汉子，领回了新娘
山村的姑娘，美如水
乡村的汉子，壮如山
他们把太阳和月亮，打造成金灿灿的日子

悠悠的扁担，挑走个秋，
挑走大山，田塬的冷暖
所有的汗水，从不认路
所有的茧花，从不认脚板和手掌

清一色，打起肩膊
让阳光镀上一层酱红色
让风雨穿梭在生命的旅程

乡下汉子，邀貂蝉的月
在丰盈的岁月里，饮酒，高歌
在划拳声中，碰杯问盏，醉得自己抓不住清风，抓不住自己的影子
不知不觉，泼泼辣辣的鼾，去了梦乡

安娟英的作品

贺兰石

"夏商周秦西东汉,三国两晋南北朝
隋唐五代又十国,辽宋夏金元明清"

推前八亿年
借后十亿年
贺兰石一
深藏中元渤海的潮水沙滩
蕴蓄燕山道骨神游八极之表

入海求仙贺兰石离地而起
礁石与蓝天间各自寻觅永恒的位置
留下一道道血痕血流如注
似云、似月、似流水
所有的柔软与坚硬
任凭潮汐素描雕塑

直通蓬莱诸仙山
聆听郑和七次扬帆起航
率数千万兵将渡海越洋
横剑出鞘啸风雷动鞭石相助
秦始皇巡碣石
海子石，诗人角
叠起七块贺兰石
等候所有文人墨客归来

古贺兰国坦依贺兰公主
为此亦流下感天动地的眼泪
更有蓬莱白云深处
有罗汉眯眼打坐
被海子石，诗人角
朗朗的诵诗声动感
相逢恨晚
决意合上经书还俗
远走天涯从此一路
只布施四书五经

相约北部湾

题记：2019年12月11日从海口秀英港乘船，到徐闻县考察海上丝路汉代遗址，在徐闻二桥村意外找到两千年前的汉代瓦片6片。

古木翠绿,三墩礁盘
处处奇木异物
霞飞云落护驾
千万只鸟儿展翅飞翔
海面万顷石莲怒放
孤鹜秋色长
合浦船队年年春去秋又归……

远去的海市明珠在等我
两千年前的汉瓦在等我
古桥,三墩门,南湾在等我
侧耳聆听潮汐细细倾诉
重温王莽辅政的欲耀威德……

排排红柳在挥手惜别
沿着灵渠而来的江南女子
为一艘艘搁浅在沙滩的古商船
为一块块被风化成长短不一的古船板
失魂落魄地哭泣伤感

月将升,潮将涨
三角梅木棉花落红阵阵
呵呵有谁知道难分难舍的我
正在与古船舶相约

与北海湾·秀英港对话
只待明月中天
我们再次扬帆
远航到五洲四海……

包孕吴越

遥别西周天子
冲破自己所有的底线
今日里
我把你轻轻地含在嘴里

典当一曲梁祝给月缺星淡
赎回一湖碧水冲动的春情
还我故乡薄雾里的芳菲
满月下的丝竹暖歌

越过千古吴越
囚情如海
若是可以填补你
典籍空洞里一小点
春秋的青铜马哟
请回头奋蹄
踩上我肩下三尺坚韧的背脊
（注：包孕吴越是无锡风景区鼋头渚的一处名胜古迹。）

雾锁五亭

你忘记的梦
是我唯一久久的隐痛
——无处可栖
如白纱巾随风飘落在湖面

一壶浊酒相对无言
空留我低垂的思念
轻轻触摸你
烟花三月的余温

春风扫尽飞雪
打开你
赠我的锦绸桃花扇
寂静中有鹤鸣声声传来

一只在长亭内单足而立
一只在长亭外迂回盘旋

画之恋

回音没有止境
散落的月光与钟声

以细柔的锋芒
加入海的合唱

风声的马蹄踩醒上弦的月
火烛摇曳船窗
秋枝曲盘呵
敲打千年风霜
你的乌啼——渔火——钟声
飞出江南的框架
无尽向深处扩展
清纯超越幽然交响
永恒　回荡

一卷宣纸反复指令
三月的杏花雨
四月的宫墙柳
隐忍红尘不愿老去
我矜持的修辞
一再迷失在枫桥

寒山寺云烟轻绕
流连的我心怀万物
在画中
任风雨漂泊

简笔画

简笔画椰子树多年
每次总画二棵
一棵挺直的像圣人
一棵弯弯的像少妇

从此我
忽略了
海南所有的标志
心底总有一大片
不属于我的椰子林

随着海水
的潮起潮落
和阵阵海风
在一刻不停地
朝我挥手呼唤

向你致敬,森林公园客栈

穿越
婆娑的椰林
碧蓝的大海

我向万泉河致敬
向森林公园客栈致敬
这里没有
秦汉的青瓦飞檐
唐宋明的琼台楼阁
墙上恰有一面鲜红的五星红旗
让我们一
肃然起敬,热血沸腾
还有楼梯上那一顶斗篱神采飞扬
在不停向我们讲解万泉河
曾经生生不息的苦难和坚强
今夜一轮满月下
艳丽的木棉花,三角梅
以娘子军整齐铿锵的步子
似琼花热情奔放的舞姿
相拥而来亮相
微山耸翠,滴水凝香
森林公园客栈里
五星红旗冉冉升起
在五指山上空
让多少凡身俗心
融进碧波琼海的风情里
让多少人与你一次邂逅
梦绕魂牵,终生难忘呵
向你致敬五星红旗

向你致敬一
森林公园客栈里
红色娘子军的斗篱

无法再见

把自己交给一片水
陪伴千垛之城
无数个心愿
每天
尽任行行水杉
构思迷人的天堂
在诗情画意中发酵
止不住的心跳
不仅留下了诗
还有我的魂

我来了

水上森林公园
我来了
不是为你的千亩森林
万棵杉木树
不是为了玄武灵台
八字桥的文化广场

不是为了锅中的螃蟹
水面上的木船

只为林中
千万只飞翔的白鹭
年年秋去春回
不知今年又飞向了何方？

今天我来了从此就不走了
我要选择黄昏新月
百鸟归巢时轻轻地守候它们回家
我要相约天下所有的文人墨客
与春天的缕缕阳光
与湖上的泛舟
与缭绕升腾雾森幻境
与闪烁着五彩灯光林中的水
与欢声笑语不绝的水中的林
与燕子，斑鸠，百灵……
等候它们从天涯海角飞回来

崖之魂

为陪伴悬崖千年的孤寂
你不惜蛰伏千年万载
从地球深处一厘厘

一分分粘近群岭
在峭壁石缝中生根
延续你未尽的衷肠

无声的俏语娇音
与险峰磐石相知相慰
代言着女娲后羿
未曾结束的传说
任凭雷打电击呵
风刀霜剑
无法泯灭你深藏的怨愁爱恨
复活着你灵魂深处
一曲凤求凰的腾飞
渲染着炎黄麒麟
和醒狮的合唱共鸣

根基深长
同一种底蕴无比坚贞
虬枝曲盘
向上展翅同一个基因赤诚刚强
历经沧桑三朝五帝
八千年
再次涅槃发芽
仙风道骨凌驾
南方的一片祥云

点化枯藤朽木复活

端庄精灵雅典的灵魂

填充人间多少的虚空和脆弱

最终以中国式

独特艳丽的一个个造型

在北部湾你徐徐转身

向世界亮相

（注：为北部湾千年的崖柏而写）

泾河之恋

此时此刻的我只想

面对你潾潾的波光

大声诵读先秦的诗经

小雅·六月，吕氏春秋或史记河渠……

将我柔柔的吴侬软语

将我对你深深的眷恋

融合你泾浊渭清的水

顺风顺水，缓缓流淌

紧随渭河、洛水、马莲河，

冶峪河，清水河一路向前

穿越你八百里秦川的国风豪情

渗入你黄河六盘山的基因和骨骼血脉

唱和天府之国的郁郁葱葱百花争艳
昭示你数千年的自豪和荣光

我要与你流经关中平原所有南山北水
从西汉王朝汉代白公渠流进
唐代三白渠宋代的丰利渠
从元代王御史渠明代广惠渠和通济渠
流进清代的龙洞渠民国的泾惠渠
还有文脉悠长秦时中国的第一渠郑国渠……
泾河水啊你流经良田家园数万顷
滋养修复了多少个历史断层的创伤
长长的泾河水呵你弯弯浅浅又深深
你深深浅浅又弯弯九曲十八湾地流啊流
千年轮回不停地流啊流
从今往后你奔腾流淌还要几万年
还将流传多少惊喜的新传奇
还会变异发展多少神秘的新故事？

泾河啊泾河你可知道
我并不是你匆匆的过客
我本是你安吴镇安吴堡村的闺女啊
立志终身不嫁为你
自编自唱千万支有关你的民歌小调
沿着泾河水的流向
传唱千古，千古传唱

泾河的号子

找不到柳毅传书的一笺诗文
找不到历史烟云里的时光码头
淘尽泾河千层浪
很难找到几句铿锵婉约的绝句

且听泾河下游船工的吆喝声
来自扭曲的骨头缝隙
步调一致挣扎出来的呐喊
这隆起的肌肉弹跳出来的音符
奔放原始的繁音激楚,热耳酸心
听泾河水边的血性汉子
一声声雄狮般泾河的号子

"噢走了呀喔呀喔价"
一声声号子声豪情万丈血气动荡
"嗨哎""喔""噢"
一声声号子声拉长声腔的呼唤
如秦汉战鼓冲天撼地
喊的泾河水无拘无束起伏跌宕
喊的泾河水余音袅袅流畅悠扬

有泾河就有渡口
有船工就有泾河号子
泾河号子永远在泾的上空回荡
这是天上人间最动人的歌
这正是文人墨客要构思的
一首最真情最动感的诗歌

天门山

风儿阵阵吹扬
三千群峰的仙风道骨
千亿年沧桑折射
八百流水的潾潾波光

万顷云海繁花怒放
裸露天地间万般痴醉的恋
峰回路转满天彩霞
点燃五色的张家界

群峰作证,夕阳作证
从天门山姗姗来迟的我
正是您要迎娶的新娘
玄黄悬崖上的星星月亮
是我无价倾城的嫁妆

嫦娥私奔

飞过浩瀚的苍穹
舍下月宫的典雅清静
只为神奇雄伟的三千奇峰
只为蔚蓝深处的八百秀水

穿过重重叠叠的月光
沐浴云海、晨雾、阳光
只为去将军岩寻觅我的情郎
相依在百花彩霞里,听涛声鸟鸣
双双翩翩起舞在黄龙洞,天子山……

西津古渡口

石为媒
诗为证
观音洞里苦徘徊
抽签难解前世缘
与你今生却无缘

斑驳古镇无弦声
白塔独立绕夕阳

待渡亭里等也无奈

去也无奈留也无奈

游人匆匆不相识

笑我独倚朱栏还在等待

许百经的作品

浏阳河源头及入江口（组诗）

我的县城

人们大都沾亲带故
任意两个都能找到同一熟人
我对县城的定义逐渐失灵
不熟悉的草木越来越多
外地口音越来越多
有时溜达一路都是陌生人
世界大了，大家走散了
还是我们老了，相见不如怀念
回首望望，几间老屋
脚与脚挨着，蚂蚁也在一起
房前屋后的树都是亲戚
过去的时光，如梦幻烟雨
如今名字依旧，风光迥异

楼房越来越高
广场越来越宽阔
不知根底的人和事越来越多
长长的路,望不到尽头
一座县城,一个时代
走啊走,留下几行脚印

想起谭嗣同的大刀
一百多年后,我还住在这座小城
嗣同路旁,绿水碧波,青山环抱
每天面对庸常的生活和平凡的人
一转身,溜到花园、河岸、星空
喜欢舞文弄墨,喜欢怀里揣把刀
天晴的时候,我会到处走走
摸一摸才常广场的石头
下雨的时候,会把一生未了的心愿
丢到浏阳河里,像种子一样抛了
黑暗时,从黑里摸出一根火柴
狂风大作时,不做乌云
选择做一棵树、一只飞鸟
或者一道闪电
一把扬起的大刀

浏阳河源头及入江口
开始渺小,无法预测未来
结果伟大,难以想象过往

扑腾、冲闯、跌倒、荡漾
勇往直前,无怨无悔
唱出的歌在云上
说不出的话在水里
野草丛中花、乱石岗上树
穿透迷雾
挂满缤纷日常
一条河的前世今生
一曲千古绝唱
一道梦幻霞光

浏阳河的天下
源自大地亘古的山泉
源自人间沧桑的五谷杂粮
源自时光晶体的神曲
源自内心澎湃的山川烟雨
一曲浏阳河,一个世界
一杯浏阳河,一座江山
摇晃的灯光
醺醺的红脸颊
腾云驾雾
从地下室上升
阅尽天下所有
绿水悠悠的浏阳河
从窗前走过
明月从《春江花月夜》走出

鞭炮声从唐宋萦绕至今
端杯浏阳河小曲
荡漾到青枫浦
在万古与一瞬之间
会不会遇上低吟独酌的杜甫

长兴湖

不问湖底究竟有什么
湖水也不问我们多少欢乐
不问百年紫薇来自何方
青山也不问我们的故乡
我们只是一只飞鸟
在湖边寻找栖息之所
一头偶尔跃起的鱼
不说话、默默地看着
一盏不灭的灯
总是静静地不停工作
当湖面有了皱纹
风帆扬起晚霞的翅膀
我们卸下铠甲安坐在树荫下
睁大眼睛看星星
光芒微弱，却长久亮着

山城之巅

道路、楼宇、宅院
以及一生的奋斗

皆为尘埃
起伏的山峦、辽远的蓝天
影影绰绰的家园
烟波浩渺隐匿欲壑无边
追风的鸟鸣
酒醉的蝶舞
无休止的车流
变幻莫测的灯火
苍茫大地，天下好空荡
唯有时光长流

石榴树

我住在那棵著名的石榴树旁
一抬脚就进去散步、乘凉
多少人走很远的路，来看一看
一棵百年老树
枝叶凋零、风云沧桑
却又生机勃发
永远忘不了树下那颗小石头
砸烂了大水缸
越想越觉得树大根深，基因
石头一样坚强
天空时晴时雨
雨后太阳愈发清新鲜亮

丁哲的作品

秋天是好的（组诗）

去云南
选择七月份去云南
不只是为了避暑
当然，也有一直以来的耿耿于怀

坐高铁西行，出湘，穿黔，南折入滇
一路往高处走
云南高原，步履踉跄，如英雄末路

再见石林，阿诗玛别来无恙
与滇池重逢，不见当年那个黄昏
西双版纳，依旧像水一样，风情万种

没有去大理
段王爷云游后，六脉神剑已经失传

没有去丽江
除了传说,美好的爱情都已殉难

相见如故,又恍若隔世
时间妙手空空

云南的云

云南的云,有的出于涧,有的出于岫
有的出于好奇

云南的云,流落风尘
不断亲近世俗,卑微与苦难
它们有温暖的颜色,烟火的气息,幸福的样子

它们在城市,小镇,村庄和旷野隐居
与草木为邻,不再那么高不可攀

它们怀抱善良与慈悲,在人间游刃有余
它们忘记了返回天堂的路

澜沧江边

在少年的教科书里,澜沧江远在祖国西南

江湖义气,狂野不羁
劈峡谷,穿丛林,飞绝壁,一泻千里

此刻，它就在我身边，静如处子
近处的树木，亭台。远处的青山，佛塔
都沐浴在小乘教的安宁里

孔雀会来，相约凤尾竹下，欢舞，开屏
白鹇鸟会来，栖于滩头，做辽阔的梦
流水会走，过了勐腊，就是异国他乡

这里是云南的景洪，一座刻在贝叶经上的城市
我临河而立，有着橡树一般的孤独

秋天是好的
微雨带来的新凉是好的
轻烟散布的消息是好的

月色涂抹的屋檐是好的
阳光剥开的豆荚是好的
悬在梁上的红椒和黄玉米也是好的

看着树叶变黄，飘落，有点点忧伤是好的
又添白发几根，对镜做流年之叹也是好的

云淡泊如此，了无牵挂是好的
水清浅如此，照见了孤独是好的
江天寥廓如此，禁不住怆然泪下也是好的

酒至微醺,爱上菊花是好的
白露凝霜,轻寒浸入思念是好的
鸿雁归去,音讯全无,有一些恨意也是好的

秋风酝酿果浆,也制造荒芜
它的初衷是好的

又见乌篷船
是你守着黄昏,还是黄昏守着你
是你忘了流水,还是流水忘了你

浪迹江湖,总有累的时候
鱼米归舱,白帆收心,一蓑烟雨煮于铜壶

应该还有一盏渔火,在风中摇曳
应该还有一支渔歌,在江上徘徊
应该,还有一个秘密,在坊间传开

船是水的爱情
始于漂泊,又终于漂泊

长沙
多么荒凉的名字
刚好可以埋葬这一城的喧嚣与繁华

今日七夕，天上鹊桥会，而人间的我孤独入骨
这世间，仿佛只有我一人
那么多高楼，那么多舟车，那么多灯火
与我又有什么关系

贾太傅谪居于此，一条湘江止不了他的渴
杜子美船过潇湘，托孤斜阳
一代伟人，独步橘州，唯见天地苍茫

幸有一山枫红，一亭暮晚，一院书香

环云峰
他们说，环云峰上有神仙
我深信不疑

常年生活在云里雾里，不喝酒也有了醉意
常年点星星和月亮照明，不修炼也惹了仙气

草木长在上面，久了，暗生慧根
一个人坐在上面，久了，就地成佛

手搭凉篷，观世象
结庐而居，话聊斋

忽而风吹草动，忽而兔死狐悲
忽而挂在枝上的落日，失足跌落深涯

山居小记
比我晚睡的，是犬吠
比我早起的，是鸟啼
彻夜不眠的，是无边的天籁

吃野菜，喝谷酒，饮山泉水
在山路上徘徊，遇见牛羊，野兔，松鼠和蛇
我们雨露均沾，各行其道，相安无事

到瑶家做客，看瑶女挑花
挑一道山，挑一脉水，挑心中的波澜，挑身边的起伏
挑人世间的爱恨与悲欢

把太阳戴在头顶，把信写在树叶上，把呼唤交给风
一叹息，云遮雾罩
一眨眼，天荒地老

人住在木屋，木屋筑在林中
东邻松冈，花草其间
西开轩窗，以观落日

杨清茨的作品

写意两幅

寻芳卧佛禅院

胜日寻芳泗水滨,朱子说,姿色十分的名言。

我的布拖鞋,莲步轻移。从北院到中院,从中院到南院,穿过弯弯地石桥,再到伤痕斑驳的南门,正好,160步。

可爱的,无边光景一时新,庚子的春光已售出了一半。隔壁的宫墙柳、紫玉兰已含不住寂寞,妖娆越了界。我的鱼儿漂浮在轻轻浅浅的湖面上,不思量,肉身的一半,已魂游天国。

我还能干什么,哦,我还要干什么。我来不及描上远山黛眉,抹一唇丹红。

杨柳不语,它只管梳洗日渐丰密稠绿的长发。春天已扎紧了篱笆,犬吠也进不来。

口罩将秘密藏匿于心底,画成《吉鸡双鸣》

《鸟鸣荷合》,写下《大象无形》,摄下《堇草如兰》,香榧虬枝,银杏吐翠。应有鸽子或斑鸠羽翼上扑闪的春色,屋檐下返归的燕巢，以及一些形而上的文字。

现在，我只能蹲下来。用我双目如星，端详你，七百年是多久，有多少的悲春伤秋，爱恨情仇；经书要翻过多少春花秋月，才能刻下"无常"的墨痕。

伊说你是四爪龙，华为相机功能的高清，显示你张扬的四爪，第五爪，偏踞于孤独一隅。命运，将薄弱的痛点盘踞缺失的一角，汉白玉的白，不复彼时之丰润秀泽。我窃喜并以此为"高明"的反击。

瑟瑟在御，莫不静好，世间所有的遗憾，源自于没有完整地说一句"再见"。春风得意，也唤不回百年紫微的枯朽拉干，陈旧的魂识已堕入下一个轮回。

哦，亲爱的，允诺我用一个透明的水晶匣子，在春风吹下口罩后的第一瞬间。在你风化的身躯，未入尘土前，为你搭建一间敞亮的房子，储存四季阳光，拒绝疫疾侵害，花气袭人知昼暖。

卧佛的眉宇间，风清月白，慈悲欢喜，装得下天下所有众生。

未来佛

辰时的太阳，醉倒在园中每一个角落。露珠在翠叶上，无挂碍。滚来滚去，袒露软软圆圆的肚皮。它有着金色的光芒，吓退戳出去的手指。

哦，那是一尊，未来佛！花朵纵列成队，唯有鸟鸣，毫不畏惧。

为了爱你这尘世绝美的隐墙

我想,我是一只玄鸟
在千万年的时光里
只为等待你的苏醒
用我长长而光彩夺目的尾翼
引渡无尽瑰丽的灵魂
为了爱你这尘世奇美的隐墙
我一生都在宇宙停驻为客
热爱,是我此生唯一的解药

芦苇的作品

远方的远

远方空旷无垠
远方的远

在大路尽头
在地平线的那一面
远方无边无沿

远方
一面是海洋
一面是草原

远方
奔驰在万里晴空
蹄与铁轮
昼夜不停

远方把心送了出去
把流星送到无名的山头

我手握一根线
绕赤道一圈
绕东西南北一圈
始终无法穿越

不可逾越

即便爱
梦也不可逾越
风,卷乱紫藤
野菊花
在墙头腼腆

即便眷恋
门也不可逾越
窗外,传来口哨的旋律
心,轻轻地打着节拍

即便思念
地平线也不曾逾越
飞鸟呀天空上盘旋

但愿她带上我的秘密
栖落在你身边

猫与我

猫的眼睛比我大
比我贪馋
它盯着上面飞的一只蝴蝶
我盯着你

猫想伸出爪子
抓那只蝴蝶
因为好色
我眸里荡漾着秋波
想吸引你

没有别的意思
都是意思
猫想和蝴蝶玩一次
我想和你来点浪漫与暧昧

猫的一只眼睛泛绿
我的一只眼睛笑里含着泪水
猫的眼睛比我大
我的色胆比猫小

马累的作品

有寄

立秋日的理工大有
隐世之美。和评论家
张艳梅、小说家魏思孝
在沸腾的塔松和银杏
间谈到意义。关于
AR与人类,关于小说家的
村里,夜霜将于
不久之后落满前山。

那些被我们虚度的,
来自灵魂的意旨。当我们
并不是因为错过一个又一个
布道者而愈发感到困惑。
当我们,并不总能回到保持
信念的事物上去。

几乎每次都是这样,
忧郁的评论家说,灵魂
并不跟肉体直接谈话。
或许是的,总是那些不被
关注的迷茫的事物
考验着我们。

阳光透过涂彩的云层
照见太硬的额骨、手上
沉默的静脉和褶皱。
他们脸上严肃的镜片
像文学的幻化,
有虎纹的荒凉与隐秘。

白露,兼致张艳梅

白露日,徒步。
在黄河入海口苍茫的
盐碱地上。

天地辽阔,阳光像
仁慈的咒语,凸现一个
锲入者的悲哀与迷惘。

仿佛总是这样，大地
缓缓地隐入西去的晚霞，
空余几代人的叹息。

轮回无须证明，时光
的接力只能由肉身和牺牲
去完成。

如果星光允许我
重新选择，我的诗歌
将成为自由的替补。

如果浮躁的生活
迫使真理一再地变小，
我将试着将思想焊接在
生活之外。

如果一个高傲的
词语，不是来自珍稀的
道德词典，我将接受
写作的耻辱。

白露日，从清晨
走到傍晚。孤独而自满地
凝视陆地掉进大海。

梦境，兼致魏思孝

北方的县城继续在
喧嚣中沉溺。风中传播着
不说话的人偶。大雨
漫过村头的铁轨。
孤独的小说家用星光
掂着正午的重量。

报纸上，四处皆战火。
政客们从不会关心七版上
的失学儿童，更不会
关心流水线上
几根疲惫的断指。

有一次，我们讨论
梦境，是否是一种新的
形而上学？在最近的梦境中，
经常出现村边那条
窄窄的河流。无数亲人
的面孔从天空压下来，
缄默，悲伤。

一个日益技术化的
世界，是否还需要本我的

存在?或者说,思想
的意义是否应该以它的
日趋淡薄来迎合
日益臃肿的躯体?

远处,疲惫的村庄
驮着夕阳。在一个牺牲
成为耻辱的年代,
有时候,我喜欢故乡的
岑寂与黝黯。

黎禀的作品

天空

淹死其中吧
这蓝墨水的海洋

棉花糖
是否沾着年幼的口水

蝴蝶的翅膀太柔弱
只有鹰,把一声尖唳叼到云层

奇怪呀,太阳踩着风火轮
月亮划着小船在云彩里追

桃夭

布谷催耕，谷雨生香
桃树更改了自己的愿望

春风裁剪出的一片片桃叶
温和的摇曳，疏解了
结子的暗痛

黑枝条上
小乳房
潜滋暗长
春天的胀痛与喜悦
默片着季节的宣言

树下那个年轻的女人
拢了拢头发，转身离开

她决定嫁给那个男人
像桃花那样，让贞洁
从此有了着落

布谷鸟

午后,它沉闷的叫声
牵出我慵懒的哈欠

这声音的娇艳花朵
渐渐开败了。锈了
锃亮的喉管,不再荡漾

我曾与它一样怀着热烈的相思
无论歌唱劳动、爱情还是乡愁

而今,安于他乡的游子
心旌像窗外桃叶,纹丝不动

而桃尖,在蓁蓁的叶子间
已透出一撮嫩红

杨梅

午后,初夏的阳光
析出紫红的梅香

梅林
两个幻影闪过

梦中
牵手摘梅的人
满脸红晕

这世界
有多少不愿转身的离别
热泪满面的无言
一颗颗杨梅
死在心中的结

一个隐喻
咯尽一生的血

路过一片荷花

荷花还没有大开
同伴们连说遗憾
我却以为恰到好处

轻风吹动荷叶的涟漪
亭亭净植的少女
个个羞涩,不语

她们挺着小胸脯
花骨朵抱得紧紧的

像小女人，抱紧自己的贞洁
这尘世静好，这流水脉脉

只有少数大胆的
一点点张开饥渴的唇瓣
仰起粉红脸蛋儿

我若有一双翅膀，可好
飞到那荷箭，还是那花心上呢

烟雨松雅湖

来到这里，我谁也不想见
但不时走到楼梯窗户边
在 18 层的高度，隔着几百米
凝望，烟雨蒙蒙中的你

想到西湖，西子
晴里雨里，绰约成
一首绝句，一阕小令
觉得俗。你只是你
你就是你
几年前的第一次见面
你让我冲动，而现在
让我平静

美丽,需要平和的欣赏
像对一个女人,褪尽狂热
还保有热爱,但不是占有

不能靠得太近
不然,我会看清
你冰肌上粼粼的皱纹
眼波底下淡淡的忧伤

处暑雨

几场雨落下
夏火熄灭,万物微凉

像瓜熟蒂落
像集体私奔

哦不,是一场来自天堂的朝圣
一滴滴雨
脚步踉跄

膝盖最后磕碎在
干渴的土地上

大地的殿堂
每一棵草木捧出圣洁之心

煜儿的作品

空洞

采露水的手,拼不全整句话
秦时上弦月漏记字节
《史记》书不下细枝末节碰撞
声响。翻看乐谱,月色弹不出
你眼里星光

采露水的手,演绎缝补
盛唐春雨踩塌的脚印。斟不满
一出桃花酿折子戏沉浮
奔走。寻遍栏杆,睫毛噙不住
你半个回答

从海棠、紫薇、玫瑰花瓣上收集
露水,滋养记忆空洞

给予生命下挫的完整。水波流动
言语凝滞
你在空洞里端坐

托词

还是要用语言包裹着，减去
坠落时万有引力

花瓣儿、砂砾、咖啡混合成温柔的轻抚
"你不要……"否定的开头没有肯定的拥抱

奔跑中的风无暇分辨
某些水分子的灰色构成

来，让我们沉醉春风、秋月
吹皱清晨第一滴鸟鸣——
所有可以远离被冰川纪笼罩的那片桃林
之事，统统为我所爱

后来，我从常羊山瞳孔的黑色走过
石头们仍深眠不醒

那些捡拾星光的人

面孔都有些甜
凑手时,就捡拾星光碎片
旧衣裳趟古河水,安魂曲飘荡

星光碎片有尖锐的愤怒
割不破执念
碎片多过露珠迷宫

这些傻子好像
不关心苍穹,也不思念
银河

等

我在月季园数着花瓣等
孩子的哈根达斯冒着冷气等
小广场舞着月光等
岁月弹着梅花三弄等

七月翻转同款烧烤
从驿站飞出路过

唐诗在童音中打马而来
期待与承诺透过空间交换

我喜欢这等着的世间
它像梦
每一次等
都传来苍茫的古弦音

时间速写

在所有匍匐物上飞旋
时间剥离尘埃梦想

温柔侵蚀誓言
小心！这甜蜜包裹的毒汁
四合院，阁楼打开手绘笔记本珍藏
她的青丝。在十年前被拆迁的二楼

挂牌保留古树
我与过路的半块青砖对视

这里散开过，喝红葡萄酒太姥姥唱的歌
和太姥爷总是望向巷口的目光

祝宝玉的作品

杏花村（组诗）

摇摇晃晃的人间
杏花在枝上。一种象征，动人的方向
与牧童的笛声吻合
小径，或方言的谱系，蓦然相遇经年里的自己
举着异客的身份，在摇摇晃晃的人间
追寻缓驰的光阴

过往如轻羽，轻抚走石飞沙
在风声中数花红残落
数唐朝的青砖一枚枚飞离记忆的废墟
数月光照及的河流，其中一条穿越我易碎的骨骼

无意间想起故乡。带着挑衅意味的接近
手心濡湿，眼眸迷离

与我在思想上存在隔阂的影子终于离我而去
那株杏花独自绽放在老院的一角

那些身着古拙的老人
所能真切感知的岁月沧桑
以及行走的历史苦难
浩浩荡荡,又踽踽独行。在那个不知名的皖北小镇
我看到我逝去多年的祖父母
身着古拙的旧衣

暗色的粗布,被安详的太阳托举着
盛世下隐藏的宁静的春日午后
变得细腻柔软。未卜先知的泥土里万物自行生长
尘世安定,语言多余

他们重现,消失
传达着我对中年的沉思。他们已经永恒,而我面对瞬间
手足无措,内心恐惧
在他们隐遁的远方,如此空荡
让我的身世成谜

我复活的诗句,在表达着什么
苦苦地探究

在杏花村

在杏花村，月亮一悬千年

在杏花村，把疲惫的身体浸泡在杏花酒里

不败不腐，不苦不乐

在杏花村，白云飞过历史的罅隙，一眼井的深度

演变成最深刻的孤独

在杏花村，安顿好毛驴

去寻杜牧

向曾经当过牧童的老者询问当年的情形，依然模糊

这人间绝佳的春风里容不下晚唐的颓势

那枯槁的手指，把方向颠得颤抖

在杏花村，采阳光炼金丹

在杏花村，把一场清明雨从预报中删除

我需要日丽水清，需要动态的寂静，需要茫然而又清晰

并从一次次朝代轮替的偷袭中

全身而退，不埋怨，不忧愤

乡下的木门

木是桃木

门是木门

单调重复地开合，春来秋去，叶生叶落

花开花谢，仰望和俯视
里面与外面

于是，知晓了门槛就是尘世的分水岭
我在明处生活
在暗处隐忍着无名的疼痛
跑过大地，带着中年无依的身影，抄近路，折返至
我已经多年不需要的故乡

桃木作门
芳华曾经
我练习幻身术，变窄，变薄，变轻，变旧
一个人黄昏般走来
一个人青烟般走去

赵福治的作品

张家界,藏于尘世与内心的仙界(组诗)

天书宝匣

天书离我们有多远?识得秘闻的人
已随风而去,黄石寨前山
我半只脚跨在半山腰处的尘世
半只脚,跨在向王天子的传说中

空空的书匣里,其实不空
那些土家族的神话,不曾泄露的天机
空与不空,都不可言说

十里画廊

画下水墨,又画下丹青的神来之笔远了
画下的画卷就成了岁月,走进索溪峪
也就是走进了岁月,一景,或一境
我们都在岁月的画里。添香或凝眉

远方不远。每个人的内心中
都藏着一处世外的桃源，在张家界
总会有一幅画面，藏于我们的内心

张家界
伴随西汉的风远了，青岩山上
红尘也远了。楚河汉界故事里的人
已退出故事之外，成为坐看云起的人

合于掌心的往事，抵不上一盏隐居的灯
留侯张良，在以张姓命名的此处读你
一田，一景，一界，让我在内心之中
读懂世外的雨露，和一座城的文化印记

黄龙洞
我还没到来前，黄龙洞口头相诵的神异
已演变成传说，和洞内多彩的景观
久远的龙吟，在龙宫厅上空长啸

传说也是有颜色的，在河口村
黄龙不在洞内，也不在洞外
传说内外，我们与黄龙有着同样的肤色
在中华的血脉里图腾

摘星台

或许真的伸手便可摘星。临渊而立
请允许我摘下辰光,贴于额头
在节气的轮换里,把众山还于民间

我来过后,黄石寨顶东头的景色
都在云雾里,变得意味深长
并经心上的皓月,和溢彩的文字
润色成一处传世的景观

金凤岩

化香坡山垭南。藏于内心的凤凰
似乎一直都在。状若凤凰的金凤岩
如被反复临摹的佛经,在林间展现

龙凤庵前。供奉于心的龙凤
缭绕于烟火之上,如指尖修行的莲
一声声的诵读里,就有祥瑞的云
在张家界飘起,静守一座城的美奂

周栗的作品

一首神曲，唱哭中年的你

总有一首歌，在午夜的时分袭来，击中你内心的柔软，让你潸然泪下……

可可托海位于新疆北部的阿尔泰地区，额尔齐斯河的源头。哈萨克语意为"绿色的丛林"。蒙古语是"蓝色的河湾"。

可可托海不是海，但是它比每一个海都美。

清澈见底的额尔齐斯河宛如流动的翡翠轻缓地穿行在可可托海旖旎的风光之中，一路向北流入北冰洋。

河的两岸、向阳山坡镶嵌着大片大片的云杉、白桦和白杨，山风吹来，黄叶随风飞扬，林下铺满碎金，一副"碧云天，黄叶地"的如画仙境。

蓝天白云交织，五彩斑斓的草甸，毡房羊群点缀其中，还有美丽的哈萨克姑娘策马扬鞭。

"那夜的雨也没能留住你/山谷的风它陪着我哭泣"

牧羊人的心上人不辞而别，翻过雪山、穿越戈壁嫁到了更加美丽的那拉提，那里的大草原才能酿出她要的甜蜜。

有一种铺天盖地的绿叫那拉提。

有一种触目惊心的美叫那拉提。

有一种人与自然和谐叫那拉提。

这里，草原与戈壁对峙；

这里，河谷与冰川比邻；

这里，太阳与雪山约会；

百万亩的草甸错落有致地铺满天际，绿色大地毯上绣着五彩缤纷的花朵，膘肥体壮的羊马牛悠闲地吃着鲜嫩的青草，蓝天白云之下炊烟袅袅，冬不拉的琴声里，美丽的姑娘在歌唱。

这就是世界四大亚高山草原之一的那拉提，蒙古语"太阳"的意思，太阳最先亲吻的地方，哈萨克人世代居住的夏季牧场，上帝毫不吝啬地把世界上最美的色彩都遗落在此。

"我酿的酒喝不醉我自己/你唱的歌却让我一醉不起"

可可托海的牧羊人等待、等待、在等待，

只是这凄婉的歌声在静静的午夜，

从可可托海到那拉提，

需要 1400 公里。

"再也没有一个美丽的姑娘让我难忘记"，

初闻不识曲中意，再听已是曲中人。

谭昌龙的作品

蒙古马,你是抽向巴特尔的鞭子

巴特尔三天没出屋了
其其格也好几天没来过了
阿妈抬头掰着手指头
望着阿爸

让他去驯那匹枣红马

嘶叫,长鸣
前腿蹬地,后蹄扬起
一次次被摔下
一次次又爬起
巴特尔仰面躺在草原上
泪水打湿了宝古图

秋风轻抚着科尔沁草原
雄鹰落在
那棵标着记号的斑驳怪柳上
不知谁家的蒙古包里
飘来阵阵乳香

起来,
上马!

当枣红马安静下来
用嘴拱着巴特尔手臂的时候
美丽善良、温柔大方的
其其格恰好赶着牛羊经过

中秋的月光穿过额娘的菜园

1
捧了一个大大的月亮
含在嘴里
怕化了
快马加鞭
驰骋在通往故乡的
路上

马儿马儿
你快些跑啊
把我驮到
科尔沁草原的最深处
那里有我倚门相望的
额娘

2
我们一家三口
把思念
装进后备厢
满满当当的
不能再放下

阿爸
手指着额娘菜园里的
那棵枣树说
今年的枣子
又大又圆

你额娘说
上面最大的那颗
谁也不能动
要留给她大孙子吃

3
千里万里是故乡
奶茶飘来的
味道

忍痛抽打坐骑
赶在夕阳落山之前
必须走进额娘的毡房

没有比此时更皎洁的月光
没有比此时更醇香的奶酒

就像
很多人都羡慕我
每当佳节来临的时候
可以策马疾驰、日夜兼程
奔向那个里面住着额娘的
毡房的方向

4
额娘的菜园里的
瓜果梨桃
欢呼雀跃的
满眼欢喜

甚至还有一分羞怯的
迎接着主人的
儿子、女儿还有孙子、孙女和外孙、外孙女

当月光穿过额娘菜园
撒在一棵枣树上的时候
额娘笑了
那笑容像极了
天上的那轮月亮

三都河的作品

杜鹃草堂

杜鹃花开出火红的记忆
万里长征的关键节点是通道转兵
一位当代伟人在恭城书院站起身来挥动巨臂
中国革命从此从胜利走向胜利
翻开草堂这部原生态的辉煌史书
震惊世界的一幕顿时激流涌起
巍峨的雪峰山连绵起伏
百年木屋在四面青山下深藏怀想
渠水在名叫县溪的地方霍然解开了心结
牵出一溜溜清浪快乐地远征
引得草堂里的一块花岗岩巨石
陷入无法自拔的追梦之中

（注：杜鹃草堂坐落在湖南省通道侗族自治县县溪镇，为著名的红军长征通道转兵纪念地。）

马泽平的作品

湄江河上

河面上闲落着几朵浮萍,也有水鸟在高过轮渡的地方呜呜
孤独的人没有出声
点一支烟,看鸟翅擦过船舷

他数着手心里剩下的念珠
最后几颗了。西贡还是没能下雪
他为她备好精致的屋舍
——木质器具来自于中国

他说起妻妾,她说没有关系
这时候
她像颤动着的烛火。风轻轻吹着

村居一日

我有一滴水落在秋草上的欢愉
我热爱居士般的生活
持有大野心,也持有小情欲
我喜欢黑白斑纹的蝴蝶落在手心里
我需要这样一种怜悯
从世界的心脏
——倒墩子(我世居于此)
通往偏僻的纽约、北京与巴黎

欢歌

我们终于就要会面
时隔多年
我们已变得不再年轻
寡言,谨慎
不再谈论应该信奉怎样的神
阳光多么明媚
我们握手,
不再抱怨彼此有过的坏脾气
多么亲切
需要告知对方的,
都以眼神

和嘴角的笑意代替

我们点你爱吃的

甜品与果汁

要服务生准备素洁的床单

还有双份的洗漱用具

我们没有时间悲伤或者哭泣

——仿佛世间只此一日

我们都有一个好听的名字

那个年轻的人

当自己是

小说家雨果

他写花格裙子少女

读圣经故事

无论是在

莫斯科红场

还是巴黎

埃菲尔铁塔

孤独是

唯一主题

这与年轻的

雨果

没有关系

与少女和圣经
也没有关系

秋叶

那些从枝头凋落的秋叶
在夜雨中,又回来了
带着新鲜的泥垢和脚印
带着小小的虫洞。
但没有一个人能够说清楚
虫子去了哪里,
我的梦中还缺一幅地图
用来安置这些小东西。
只有夜雨还在淅沥,继续给人安慰
每一滴,
都准备好粉身碎骨,并从穷途中
拾起黄透的叶子。
我梦见雨后的枝头上
只有一片秋叶,
又返青了
——它的脉络里刻过死者名字。

汤松波的作品

黄姚九拍

一

黄姚，北宋天宝年间遗留下来的古老镇子，与甲天下的桂林山水毗邻，自然山水与桂林的模样长得惊人的神似，人称"小桂林"。千百年来，她在世人的视线里，都出落得如同一个好看的姑娘，风情万种，让人迷恋。

我是一个极为相信缘分的人。爱上一个地方，就如同初恋那般，费尽心思地让骨子里延展的缘分，尽释生命的美和缱绻的颜色。若无相欠，何以相见。比如黄姚，就缘于诗和远方对我的诱惑，抑或我对诗和远方的一种向往。

很庆幸，在潇贺古道上，我没有与黄姚擦肩而过。

很庆幸，遇见黄姚的那一天，我在古老的石板路上就听到了她绵密的呼吸，听到了酒壶山上绿茶舞蹈的节奏，闻到了古老巷子里徐徐飘散豆豉香味……那呼吸，那节奏，那香气，自然而然地就把这份遇见，演绎成了我生命里的节日。

二

推开黄姚古镇的门,春天就落落大方地站在八百年古榕树上等你了。

"东风夜放花千树。更吹落、星如雨。宝马雕车香满路。凤箫声动,玉壶光转,一夜鱼龙舞"。这首词,在我与黄姚相知情浓的意识里,就是稼轩献给黄姚的专制。每年元夕,黄姚人都以巨大的热情投入到鱼龙节的氛围里:欢乐的时光,牵着绚烂的灯火,以她的万千风韵,荡漾起黄姚的一山一水,与唤醒了春花的歌声,与敲响了大地的舞步一起,构建着一首来自故乡的诗歌。这首诗歌是梦幻的、热烈的、古意的,直抵灵魂深处。

不得不承认,这是人间的一种无法复制的美好。亲爱的黄姚,在季节转换之中,在花树叠上云端之际,我想告诉你,当太阳刚刚起身,我的名字,就躺在你丝绸一样柔软的雾霭里了。

清风徐来,一阵阵掠过我的眼帘。

我知道你鱼鳞般的瓦片开始清点我的生活了。我安静地等待着,等你装满风声与芦笙的鱼篓,和我一起踏着姚江的歌子,赞美这个时代崛起的大梦。

三

在黄姚,姚江似玉带缠绕在古镇的身上。我常常坐在带龙桥上,把玩从树叶里筛下来的阳光,清丽的鸟鸣,也不失时机地从身旁的另一棵树梢俯冲而来。无需构想,这阳光和鸟语以及那些曲弯通幽的巷道,很快就铺排成了我诗歌驰骋的牧场。

夜幕降临。一排排红灯笼,照亮了姚江的脸。一缕缕炊烟,摇晃着身姿，在游子的眼里不经意间就漫成了乡愁。我喜欢在这样的意境里，踏上青石板寻找平平仄仄的花句，喜欢倚着廊桥望着雁阵拍打寂寥无边的天空。

此时，云朵换上了新衣裳，停在姚江映衬的雕花木窗上，她要和流水送一程落下来的花瓣……岸边的杨柳，伸出细细的小手，依依作别。我站在一旁，默默地注视着这不动声色的一幕。花去也，明年还会朝着她以往的颜色和气质再一次向我绽放么？姚江无语，转身就潜入我的血管里畅游去了。

月亮幽静地坐在真武山顶，等你，也在等我。多好的夜晚啊，当我牵着你的手走过带龙桥的时候，一尾尾精致的锦鲤，在月光里抢食着我们投入姚江水的身影，甜蜜亲吻的样子，让人一辈子都忘不了了。

四

在黄姚古镇，我遇见了何香凝和欧阳予倩，一个是丹青高手，一个是戏剧大师。丹青高手打开了她的画布，在填入酒壶山、填入姚江的同时，也填入了辽阔、寂静和风吹不散的灵魂。

而古戏台，则是戏剧大师的营造的风景，那些从盈盈水袖甩出的故事，从民国辗转萦绕到今天，依旧在百姓把盏而乐的口中徐徐展开，极富生命力。

我知道，无论是何香凝，还是欧阳予倩，他们行走在黄姚的时间里，也把黄姚的风雨、坎坷、江河、山峦一一酿进了他们的生命。

我确认，他们的生命，开创了黄姚意义上的文化河流。河流之上，或画或戏，或展或收，都见风骨、魂魄和婵娟。

大师在前，我小心翼翼地紧跟其后。虽不能望其项背，但我常常在古镇里幽转时想象，如果灵魂能得到一点点这样的滋养，我的余生也该有一种令人羡慕的丰沛。

五

在黄姚，无损的光阴来来去去，心无旁骛。

我也乐在其中，哪怕在孤寂的时候，也不想把自己取出。

更多的时候，我像一把椅子，靠在临窗的位置，从未停止过等待。等待你，像母亲那样，坐着花轿，登堂入室。等待你，像成熟的果子那样，在星空下与我一起成为秋天的一部分。

当冷霜熄灭夜晚的灯火，当太阳照亮葵花侧身的影子，我们就大大方方地穿过四季，走向迎秀街，走向鲤鱼街，去真武山上的龙鳞树下写诗，作画，与花间小憩的蝴蝶相依为命，成为居山者最自然的特写。

亲爱的黄姚，我和爱人，就这样从头顶弯月的异乡人，成为你怀里身披露珠的人了。故乡在我们的眼泪里渐渐斑驳，故乡人在我们的念想里渐行渐远；古镇在我们的睫毛下陡然清晰，古镇人也在一清二白的日夜交替中变成了我们的亲人。这种时空意识的转换，因为爱，在日常生活中已成为一种习惯。

日久他乡变故乡，说的就是这个意思吧。

六

仙女湖，传说是七仙女下凡沐浴的地方，如今已变成黄姚的爱情天堂。每日每夜，不分阴晴，都有出双入对的人在这里聚集。

在我的眼里，爱情，就是春风十里，就是繁花万顷。而仙女湖的爱情，是晨风中你唱给我悦耳动听的歌谣；是夕阳下你我搀扶着并肩回家的背影。为了那个约定，我一直在黄姚古镇厮守着光阴等你。

等你的，除了我，还有时光为你准备的美：古镇的宁静之美，仙女湖的飘逸之美，姚江的娟秀之美，酒壶山的洒脱之美……

现在已是深秋，雁声一阵阵划入湖心，与白云的浮雕缠绕、嬉戏，再也不愿走动了。我的心思也是这样，就爱这样在这里待着，在湖边的驿站里，铺开雪一样的白纸，给你写信。

信的开头，是仙女湖的雾起时分，湖面被笼罩起来，山峦被藏了起来，远处的村庄亮着微弱的光，近处草叶上眨巴着眼睛的露珠，一切的一切都是迷离而神秘。信的内容，是相思树上长满了红豆，是月亮躲在云朵里暗自哭泣，是往事在湖面微微荡漾的皱纹，是虚构的春天也能让人心怀激荡。信的结尾，当然是雾散了，云开了，一辈子遇见你，就是遇见了最懂自己的那个人，哪怕我从青丝等你到皓首，也不后悔。

七

仙殿顶的春天总能给人新的感觉。

今年杜鹃开放的时候，我又来瞻仰杜鹃花海了。那些杜鹃，争先恐后，如火焰，沿着山脊燃烧，不一会儿，就像长了翅膀飞到了天上。

你还在远方。今春我依然是单身的燕子。

我为自己没能携你一起上山观看这轻盈、绚烂的花海而感到失落。在今宵酒醒何处的黄姚,在思念蔓上枝头的远方,我们年年为脚下的土地而生,却不能年年跟着仙殿顶的花儿们一起去赶集,眼前再新的亭台也是孤单的,再新的斜阳也注定要落幕的……

往天上开去的花,灵魂自由,性情奔放。

而落花是伤感的,特别是一个人的时候,不能久看。没有你陪伴的此刻,我该抱着落花身上绵软、蓬松的香气下山了。

别无选择,在时间与时间的缝隙里,我快速地翻动太阳与月亮。在花朵与花朵的簇拥下,我甘愿为离别吹响号角。

八

黄姚的云海,在东潭岭上。

与黄姚的云海邂逅,无须挑拣春夏秋冬。

雨天来,雨打草木深。云海,施展着万千幻术,整着山河呼啸而来,整着马群奔腾而来,在这忽高忽低、忽明忽暗的人间,在这水墨泼洒、山海起伏的世界里,我空虚的内心突然有了一份不可思议的力量,有了和你共度余生的勇气和野心。

晴天来,花叶舒展,心生欢喜。云海,被青翠的山林环绕,如硕大的浴池尽收眼底。云海里的云,像丝绸,像锦缎,像银河,像玉帛……不紧不慢地游弋着,那份淡定与从容,让我有足够的理由相信,它的怀里一定藏有指向爱人的星辰。

清晨来,露珠已把太阳摇醒。晨雾里的云海,张扬着无所不在的浮力,将石头、宫殿、廊桥、贝壳、泥牛都往天上涌。这气象,让我感觉身体在飘远,世界在飘远,似在云海之上,又在云海之下,沉浮之间,那些荒废了的时光,一下子又给拾捡了回来,我青春的额头攒够了漂泊的本钱。

黄昏来，天空已开始退烧了。而夕阳下的云海，却不改初衷地沸腾着、燃烧着，不舍得离去。我觉得，我和云海有着一样的想法，哪怕此去深入夜的深处，哪怕挣扎的躯体遁入梦的中央，在黄姚岁月的某个枝头，依然能继续发光发热。

九

这些年在黄姚蛰居，我对古镇有了更多的感情。与古镇有关的花啊草啊，以及龙鳞台、姚江水，萤火虫和凤尾竹都成了我的亲戚。

古镇很小，却连接着三个省区的土地和天空。在巨大的天空下，在千山万水间，我想牵着一朵云，在满天星斗的夜晚，化作雨，落在古镇人家干净的屋瓦上，聆听古镇旧得发白的故事。

入冬了，树叶落下来随风飘去远方。每一片树叶，都是一方邮票，每一方邮票，都可以带着问候和思念找到邮寄的处所。当然，这些漂浮的树叶中肯定有一片是飞向你的，这是一个寄居山水的人能够给你的全部。

入冬了，我围着火炉，一碟豆豉鱼，二两黄精酒，就构成了我心中的庙宇。我常常在酩酊大醉后走出庙宇，长时间坐在古老的石凳上，就像坐在母亲的身旁。我坐在这里，守着自己沉寂的心，等待春天的到来，等待时间的救赎，等待你动人心魄地进入我的国度。

亲爱的黄姚，我沉迷浸润在你的夜色当中了，今晚有风，在风的搀扶下，我在古镇太平门的拐弯处回望，回望岁月留下的慷慨，回望年华美好的遇见……

回望黄姚，花开有声。

回望古镇，一眼千年。

唐志平的作品

行吟大西北（组诗）

爱的版图：张掖丹霞
阳光和色彩正好
山峰和山沟错落间
坡面时缓时急

黑色看起来最少
那是被你包容和谅解的
我的缺点
其实它远远不止看到的那些
还有很多被大片的红掩盖
那醒目的、温柔的红
是你给我的幸福和快乐
红色中间一条条欲断又连的白
是你为我的病体制定的禁忌

不允许我触碰（但你总是会心软、后悔）
还有，那一块块绿、蓝、橙、黄
是你全力支持的我的文艺爱好

在张掖，我看到了
你用爱画在我生活中的版图
风雨雷电也无法涂改
丹霞山，成为我游过大半个中国后
邂逅的此生最爱

沙漠英雄：金塔胡杨林
它惧怕的，并非漫长的
贫瘠、落寞和荒凉
它欢喜的，也不是眼前的
金波荡漾、白鹅悠闲
它不在乎自己是否英雄
是三千岁，两千岁，一千岁
还是出师未捷
即便不被认养，也要立在这儿

它不在乎自己是否入诗，入画
入了一大堆赞美文章的中心
不在乎这如云游客的
惊奇、赞叹，还是同情、怜悯

如果没有人为因素
它的使命将不那么艰难
黄沙会不再张扬

鸣沙山·月牙泉

前面是沙，后面是沙
左边是沙，右边也是沙
一弯月牙，一岸芦苇，一座佛寺
让我交出心中的全部位置

金黄的沙啊，别挤进来
得让风不时唤起
掩埋的厮杀声
得让空气中无法遏止的兽性
时时警醒

恍惚有驼铃声响起
鸣沙山，月牙泉
咀嚼这两个名字
诗的味道漫延开来

天空之境：茶卡盐湖

一朵云来了，又走了
另一朵云来了，也走了
一会儿蓝赶走了灰

一会儿灰赶跑了蓝

天空像个顽皮的孩子

不停地变幻

他在别处没有找到

这么真实可爱的镜子

我来了,左顾右盼

秃顶,圆脸,大肚子

盐湖早已把好听的假话腌好,深藏

怎么也翻不出来

我问,为什么不在每个地方

都安上一面盐湖

风颤动着吹着号子

往远处的雪山奔去

在塔尔寺为母亲祈寿

重阳节,母亲在乡下老家

我在青海塔尔寺

身处高原,不用登高

也不赏菊花,而是赏精美的酥油花

点一盏酥油灯,叩拜

能够让虔诚的人遂愿的佛像

我双手合十,想起父亲母亲
很快静下心来
把父亲的遗愿,我的愿望
默念了一遍

走出寺外,拨通母亲的手机
嘱咐她保重身体
并告诉她,我一切安好
她立马精神起来

周春泉的作品

富水湖

一

富水湖疲惫。眼睛已经熬红
湖光。
白云载落日,像餐桌上一枚咸蛋
刚刚被切去一半

近处,长江挽过富池口
飘落一方手帕

湖好小啊,像帆。
落日更小,只属于一两个人

二

草丛长长,沿着白鹭的路线
梅子黄时　雨没有韵脚

流年,又被一枝汉烟熏成参差
两腮间酸甜侵袭
一夜　淹没半座城郭

负离子月窟　长太多原始物语
为寻一朵桃花水母
我得用半本《坛经》　打发下半生

三
人生　还有什么
值得折腰摧眉　辗转反侧
天子门生　如十五瓦钨丝脆弱

真想骑一头蜗牛
把布谷的声音　种进半亩桑园
在一页旧皇历里　万生万世

坐山观云

此刻,我盘膝在幕阜山上
山在大地之上
突然发现天地,如此辽阔
我的乾坤,竟小如一颗麦粒

湖北湖南江西，下跪在周围
洞庭湖，鄱阳湖，生动在山脚下
像二尾大头鱼，紧紧盯着
我这扇老石磨，盯着头顶上的风车

假如就这样，坐成一座幕阜山
就一定能体验，日月轮回
说不定在某一时刻。
还能听见，白云撕裂的声音

虎踪

高山的巴掌，落在人迹稀罕处
像大盘的花朵
偶尔，才盛开一朵　两朵

山神的使者
仅慢吞吞的一脚，
一枚大印，就从神界戳醒人间

秋收

一只山猴子
一只毛茸长尾的人类
在山地上掰玉米

像在山梨树上采摘果实
一撇树丫，向另一撇树丫
弹跳起落多么灵活

它每掰下一秸玉米
一掰，一掷
无不是在仿效，人类劳动的动作

它思想专注的状态
像极了，年轻时的母亲
准备过冬的食物

整整一下午，却无暇顾及
地头上
还坐着一只咧嘴的陶罐……

遗址

进山的探矿队，早走远了……
铲矿的车队，已经散伙
打洞挖矿的人，直到最后才离开
剩下的几个，还留在山里没有出来

回家辞

推开门,看见灶膛生起柴火
是一件多么幸福的事情

趁家还在,我要回去
种一些块状植物
让自己重新回到瓦舍和田园

为将那些已经发霉的人和事
一点一点地点燃
并去学会点火　分烟
我要给老人们带一点糕食和糖果
让藏在墙洞里的故事
从缺牙的缝隙里漏出蜜样的甘甜

如果还有时间　我还是
挨着母亲　帮她梳理稀松的头发
沿着那一根根
还没有完全铺白的路径
梳理我这一生对故乡的情结和挂牵

即使人生如屋后的山坡突然变矮
在回望间越来越小

我也要背着那一口乡井
在遥远的异乡唱起故乡的歌谣

倾诉

像山泉水,在深山中默默地流
像空谷或夜深人静的地方
棵树对另一棵树或一株小草
压低声音,洗掉一些蜂蝶孟浪的成分
那样羞怯的表达
在高处,向一棵楠竹学会弯腰
在低处,向一株狗尾草学会低头
每压低一寸,那些山丘
就会高看我们一寸
若低在故乡的更低处
越贴近泥土,就越挨近地底下的骨头

清晨的湖水

一些波浪连线,不是一阵风说断就断
像一些灵魂
一旦融入富水湖的浪花,不是说走就走

别再说提得起放得下
山还是白岩山
故乡湖水的尽头仍然还是湖水

清晨，面对富水湖，像面对
个人的宇宙
天地如一只巨大的蚌壳，刚刚吐出胎盘

坐在幕阜山与山风对酌

今夜，坐在幕阜山与山风对酌
明月筛酒，星星掌灯
多么惬意
纵览脚下的长江、黄龙岭、老崖尖
黄山谷的书院，葛洪的丹炉
周郎赤壁纵火
李自成九宫山罢兵
洞庭湖一寸湖光一寸血
黎明不是残局
是一叶舟载白云红日
是一鹤白羽，切开小如一枚咸蛋的河山

在祖母的墓前

转头，我们像这些云一朵一朵走了
沿着一阵阵清明的雨
那些与石碑耳语过的时光
明春是不是还会像今天一样令人哀伤

路断人稀的山上
唯有那些被流水冲刷的草
抬头又低下
遍遍重复着我今天的每一个动作

毕俊厚的作品

张家界之恋

来到张家界,能让我想起的词语
太多了
但,每一个都不确切

我挖空心思,仿佛被时光掏空了的天门洞

在惊心动魄的山水画卷面前,我赤红着脸
羞于表白

我实在没有半点不偏爱她的理由。这人间的蜃景
让我变得结结巴巴,理屈词穷

刘海豹的作品

天门山

在天门山。每一寸山水
都被神抚摸过
山和水,各有各的慈悲

天门洞,是神洞开的天路
每天用阳光
将人间抚摸一遍
张家界,就有了一处奇山异水

山,是中国骨头
水,是人间真情

艾川的作品

月牙泉

一座大海
走着走着
成了月牙泉

一个暴徒
走着走着
成了苦行僧

月牙泉边,他捧水洗面
洗去沧桑
洗去尘埃
还给佛,一副干净的容颜

冷燃的作品

张家界

这是石头的道场,它们身披
植物的袈裟
讲述六千五百万年岁月如何缓慢发酵
如何从沧海里捧出大陆
供石头打坐
修炼成神兽或人,关键的步骤是拥有
一颗沿悲悯生长的心

抵达张家界,万物都学会了呼吸
包括缭绕的云雾、雨水与落叶
何况慧根深种的石头

关晖的作品

黄石寨

这寨子里的少年
不放牛,
放着一片群山
这寨子里的姑娘
不牧羊,
牧着群山顶上的白云

吴传玖的作品

科尔沁的蓝，是一种什么样的蓝

科尔沁特别蓝，是一种什么样的蓝？

有人说科尔沁的蓝，女子织锦的蓝。

有人说科尔沁的蓝，是翠鸟动感和灵性的翠蓝。

有人说科尔沁的蓝是有生命的，活在林间悦耳的鸟鸣声中，活在敖包五彩经幡的摇曳中。

泛着金属光泽的晶莹剔透的翠蓝，如秋水一般清澈，如飓风一般犀利。

科尔沁的蓝是父亲的高原，母亲的河在大地与天空中对话。

在绿色与蓝色中交响。

生生不息，幽静怆然。

孙松铭的作品

呼伦贝尔大草原

呼伦贝尔大草原的草,纸上驰骋,墨起
绿波荡漾。海拉尔河在蓝天上飞白
折转处,莫尔格勒河曲折着人世间的曲折

意识流纸上调锋:调三斤啃草声
引来更多的牛羊。水晕墨章,洇渍
二十五万平方公里的辽阔

风够大,牛羊的闲章压不住纸张
极目处,41号界碑为历史盖章

李玫瑰的作品

夕照寺

叩门
良久
无人应答,与其说
这是一座空门
不如把它视为一座空山

我突然断了登门造访的念头
静立在它的旁边,夕光
仿佛一件僧袍
披在我的心上

甄钰源的作品

苦竹寨

苦竹寨的月亮是唐朝的
青石板的小巷亦是从宋词里走出来的
半夜起床在门口给红军挂盏灯的小媳妇
让一碗腊肉的香味滞留
澧水流逝如雪花毁灭证据
只有你
才可以说服他说出那些红军的下落

白公智的作品

天子山

天子山不是天子的。土家族的血泪史
冰柱般洞藏于十万大山深处，尘封
六百年记忆。点将台上下
君已非君，臣已非臣，遗骨皆已风化成
高耸的孤峰，顶天，立地
神兵聚会处，风日夜呜咽，哀嚎
御笔峰的御笔，夜夜批点苍穹
忽明忽灭的繁星，和过往风云。从此
天子归天子，山归山，雪归散花的天女

李文山的作品

张家界简史

舜放欢兜于崇山,发源于此的无事溪便被清风勾兑
弥漫成酒的味道。白云一杯,明月一杯,澧水一杯
秦始皇抽出金鞭,赶来群山与世上最美丽的峡谷幽会

武陵郡玄朗如同天门,嵩梁山洞口透露天界仙境
泉陵又有传言黄龙时隐时现,吴景帝惊见以为吉祥
龙袍一挥,便舞出了三千奇峰八百秀水的罕见图腾

大明弘治年间张万聪镇守有功的一域世袭封地
余音回荡,令数不胜数的红男绿女循着九百九十九级天梯
去看人类如何穿上阿凡达的躯壳,飞向遥远的天际

陆承的作品

张家界,一枚悬垂的印章点题了神迹和臻美

云翳泼墨,秀峰皴法,神借喻
写意或象征,晕染了张家界的肉身和灵魂。

我幻化哪吒或风信子,送递一枚虚无的印章,
篆书气象,楷书法度,凝练的
笔画,包容了梦幻和拙雅。

神啊,敕造了山水,描摹着闪电,
般若了张家界卷轴的风雅。

一枚存在之印,涅槃了群峰和时间,
以芭蕾之韵,题款了盛典和壮丽。

李志高的作品

宝峰湖

智者乐水,响声大。草根乐水细无声
鹰窝寨的土匪乐水乐得心软了三分
敬畏纳木错、长白山天池和日月潭
而宝峰湖和它们共同演绎了水的神圣

想在这里养鹅,像王羲之一样写字
想在这里种菊,像陶渊明一样写诗
想住下来,像一只螳螂
想阻挡浪花飞溅的喧哗

甘建华的作品

张家界夜兴(组诗)

天子山,兼怀贺龙

寒夜里,天子山巉岩上的
一树茶花,与飞雪说着梦话
它的寂寞开放,是为了
记录自己的年华,也是为了
躬身山中挖黄精的妇人
坐在火塘边抽水烟的阿爸
它喜欢黑瓦上袅袅炊烟
白狗轻吠,鸟儿问答
还有一群紫蝴蝶,正在
风雪中,赶往春天的路上

犁青山庄,兼怀洛夫

并不曾有过,这样一个山庄
峰林深处,花瓶岩溪涧边

三十二年前,确有洛夫的梦想
犁青、李元洛、孙健忠
全国各地的文人,拟出赀
各建一房,或者半房
来访的友人,手植一株桃李
修篁,则随它任意生长
嬉笑随流水,今夜
温暖了异乡客,还有雪花

定山神针,兼怀陈复礼
三千座奇山异峰
八百条溪流
皆因一根定山神针
成就了武陵源

一只苍鹰飞来助兴
反复盘旋于峰顶
惊诧于摄影大师的慧眼
成就了国际张

美在湘西北的张家界
有近邻　亦有远亲

亦乐的作品

在山背等一场雪（组诗）

山背有妈妈的味道
山背，不仅有梯田
还有我的梦
瑶寨醉在炊烟里
我醉在
瑶寨姑娘的挑花里

那挺拔的山
父亲扛过
那层层的田坎
母亲走过
我诞生在这桃花盛开的村庄

蜿蜒曲折的路
是父老乡亲走出来的

我加大油门
向着童年向着妈妈的味道
一路狂奔

星空云舍
嫦娥奔月
我在星空云舍
不用望远镜
睁开眼全是你
满天的星啊
你还记得我爱你吗

蓝天，太空，宇宙
我是谁
是你的儿子
是你的微尘
我抓住天的翅膀
荡着童年的秋千

在吊脚楼里
在围炉的火塘
在花瑶的酒歌声中
狂饮一杯相思酒
忘我
陶醉

在山背等一场雪

从来都是阳光中来
从来都是雾中来
雨中,我不打伞
曾经看过你的成年礼

小雪节气刚过
爬上山背的瑶寨
长枪短炮全副武装
我占据了 001 高地

集结号吹响
冲锋号又起
东山战鼓擂
西山红旗飘

雾漫上来
云压下去
我在山背大路口
等一场雪

走进阳雀坡

走进阳雀坡
仰望黎明桥

俯瞰满垄残荷
我成为这方净土的主人

王氏大院
白墙青瓦木屋
古井上是近水楼台
一扇大门喜迎八方客

马头墙里
吊脚楼上
你绣球欲抛
我正潜伏以待

那湘西会战
金戈铁马
一个阳雀坡
暗藏多少故事

难忘抗日烽火
最后一战鬼子降
雪峰山啊
我心中永远的英雄山

李文锋的作品

鸟巢

有些树上有,有些树上无
风,在轻轻地摇晃
阳光的金丝,雨水,雪花,雷声,闪电
装在花朵中的微笑
是鸟巢的建筑材料

大地上有很多家,鸟巢是一种
鸟把家建在天上,开门见星星
鸟的儿女出生时,摆出飞翔的姿态,目光辽远
一生住在树上,啄食树叶的清香,呼吸蓝天的洁白

没鸟住的鸟巢,就是一只没有光明的眼睛
或一碗干枯的池塘

家狗

一只大,一只半大,一只小
两只纯白,一只花白
花白的那只,崔浩田叫它小奶牛

大的追赶太阳,蛰伏月夜
半大的蹿进山中追捕风影,流星
小的把一条小溪流戴在脚腕上

看家护院的时候,它们假寐
只要有一丝风吹草动,异味横行
它们就一跃而起——
首先,扑向暗度陈仓的仓鼠

我为什么站在了树上

我站在一棵树上,鸟声是我的枝丫
鸟,是绿水青山的画家
车,是大山深处的演讲家

山生万物,山洗心灵,山养鸟也养车
这是几百年来没有过的事
我栽下的这棵树,像鱼变成了美人鱼

阳光盖了过来,就像一床爱情盖了过来
我幸好是农民的儿子
不然,我的骄傲就失去了根基

鸟,画了一树繁花似锦
我的车,不知停在了哪一枝的花朵上
站在高处,才能辨清回城的方向

覃文化的作品

跳跳岩

一个个跳跳岩在河溪里铺排
阳光的照耀给它镀上了光泽

它是天上撒落的音符
阵阵风儿拂过
清丽的弦音响起来

你尽管跳跃着身姿过来
对岸,有脉脉眼光在为你鼓掌、喝彩

跳跳岩,是我爱的鼓点
也是你我爱的舞台

传世玻璃桥

我的横空出世
把一个个悬疑的问号
拉伸得笔直笔直

生成的感叹号晾晒在两峰之间
透明得不可一世

我的姿势何止渡云渡天渡情
更想挑起身下的峡谷溪水和风景
一起流传千古、流芳百世

王明亚的作品

独行体
——观照尘世中诗歌的、散文的和小说的我

2000年前的电光火石,风雪
恣肆,我是垅上尘,水上烟,还有
黄金铸的恐惑和荒凉做伴。
我抖擞着邀请我的肉身和灵魂一起
舞枪弄剑。被无数次的抛掷里,我孤绝
地躲闪在一场马拉松式的战役里。

没有战鼓和盔甲,我从一堆堆稚拙的
甲骨文里爬出来。磨刀霍霍,我尖削成
一朵袅袅桃花,粉的衣,红的心,招摇
出诗歌的储蓄和典雅。丑陋的混沌
纷纷退去,唤醒沉睡多年的河床。
我沐浴出一个诗歌的铁骨钢身。所有
退去的混沌和旧我暂时喘息在喧闹的笼子里。

我蜿蜒行出，硕大的杯盏交错里，世界
扶摇直上，我掰开那个风雅的我沉沉
坠落。不敢睡去。频频张开莲的翅膀
水中飞，云中戏，授我以胸怀苍生
心怀感念。即便在贫瘠荒芜的废墟
也能建设并阐释一朵莲文学性的
自我解救和安身立命。
这是最迂回的故事了。先锋或反叛
文明或废墟，抵抗或妥协，黑暗
或光明，无限拓展思想的边界，同时
捆缚于世情的唇齿相咬。勇敢黠慧的
追随者酿了香浓美酒给谁？

黑夜哗哗升起，脚下泥沙簌簌。我来。
我去。如一团火被燃烧，爆炸，抽搐，缓缓
解禁凝滞的呼吸并开始大声歌唱……

我从尘光中分裂出来看见了你——
你是我诗歌的你；你是我散文的你；你是
我小说的你！你克我于浊世之中，铸我于
明洁之巅，使我于我的深处苏醒。并在
飘浮中有了质地，凋谢中有了芬芳
幽暗处有光闪亮。来吧，你的刀刃更锋利我才
不会败于无地。即便被你戕噬，我死了，
你也会替我活得很久——很久——

徐泰屏的作品

雨看海螺峰

在雨中,把一座座山看成人神共舞的乐园
迷蒙的景象最是不能拂去的一重重雾水
这时候,顿然记起《西游记》中的那些福地洞天
原来只是张家界随意堆在地上的一片高山矮水
透过一道道或密或稀的雨缝
把海螺峰正正反反地看了一眼又一眼
看着看着,就看到了一句画外话——
有些东西最好在雨雾中遇见
许多的美景大都在形似与神似之间

蒙田的作品

去过黄石寨

你最先只是长进我的记忆里
七叶树,红豆杉和苍柏,借诗的云霞
向世人展示,一种耸立无依的恐慌美

你现在长进了我的身体里
一种地质的形成
从思考中的火开始。石英砂岩和山风
化作我的骨骼、气息和
沾满乡愁的五脏六腑

东伦的作品

大峡谷

在绿植和水草的手掌上
湿润的卵石,仿佛虔诚的信徒
聆听着溪流的诵经

望着远处
挂在石壁上的流水
我内心正被一点点洗净

天子山

如果你说,峻拔的山峰
是我们不屈的骨骼
对,这就是一代人又一代人的性格

如果你说,这是天堂
对,这就是天堂
是被世俗遗忘的地方

武陵源

在武陵源,你会发现
深入云层的山峰
崖壁上的树,是爱的标识牌

那么,自由飞翔的雄鹰
就是两个深爱的人
我们在群峰和云雾之间俯视着人间

何晓李的作品

一头扎进武陵源

到了张家界,俗世的喧嚣
真的才算戛然而止
凡心被烦忧一路穷追猛打过来
再从风雨沧桑云集的洞庭湖
向云贵高原奋力一跃
锦鲤一般甩开汹涌的波涛
突然,天门洞开,霞光万丈
满面桃红的诗人举起了阳春三月
继而,也沿一条清流回到原乡

迷失或流连忘返

追逐着某个淘气的小妖精
法力广大的张天师突然醉倒张家界

也就是在洞庭湖与云贵高原间
如梦如幻，如诗如画，如痴如醉
不知武陵人何时给大仙喂了药
突然，就走不出这片美的云山雾罩了
神采奕奕的春天正姗姗走向人群
飘逸的天使走过玻璃栈道——水晶桥
她手中的桃花红不禁让人怦然心动

美在张家界

威武雄壮，气场宏大
这是峻峰林立的美
云贵与洞庭这一对恋人哦
千万年守护着仙境一样的家园
每一度桃花都开成青春的诗
吸引那些追求浪漫的男男女女
都是归乡心切的乖孩子
努力抵达灵魂久违的憩园，但求
用美将伤痕遍布的肉身重塑

胡平的作品

天门山

是谁,把这座绝美的山峦放在这里?
它便岿然不动了;是谁随手一挥?
那些山坳、谷地、溪涧和溶洞
便一应俱全;是谁将饱满的风儿悠悠送来?
那些草木在风中同时摇摆;
又是谁,将各种不同的鸟鸣,悄悄
挂在各种不同的树枝上?所有的声音
都在飞翔、坠落。在秋日的阳光下,
每一粒鸟鸣,都蕴藏着甜蜜,每一丝云雾
都饱含着深情!

春游天门山

我们到达天门山的时候,
一些春风正忙着搬运

大片大片的翠绿；
几朵红花在山脚下现身，
这预示着：山上的风景
可能更加美丽。我们行走在
被阳光打扫过的路上，
三只小鸟正在抖落身上的
光线。如果不是春风
拨开了树枝，我不相信：
香果树与红豆杉的阴影，
也会如此动人。小径幽深，
树林安静，天门洞隐藏在
秀美的画卷中；那些沉睡的
光阴，在游人的脚步声里，
继续沉睡。春天如此深厚，
我真担心：那赏景的人——
一不小心走进去，会在
这大团大团的浓绿里迷失！

车过天门山

眼前的绿不断加厚
我们终于抵达
天门山的脚下
同学们争先恐后地
摇下车窗

他们确信自己的目光
没有受到任何阻挡
确信漫山遍野的翠绿
同春天一样真实
确信刚刚传到鼻子里
——冷不防又被
吸进肺腑里的香味
来自天门山的每一棵树
而当我们的汽车
从天门山穿过之后
所有的人无不深信
如此灵气逼人的
风水宝地
必定隐藏着
非同一般的人民

程勇的作品

去黄石寨

我进入挂满记忆的黄石寨
群山显现出一种高贵的图案

天空通过它的纤维流入大地
大地狂饮后留下一片缓慢移动的云

晨光穿透眼帘,充满了陶醉
它在露珠的放大镜里膨胀

那些石头投下的影子,玻璃般
透明地旋转着穿越岁月

张一的作品

张家界的仙柱

林立的仙柱披着绿色蓑衣
无心纤云的缠绕
迷恋着脚下来自凡界的仰望
几千年后,发现
这里的人们学会了鸟瞰

张俊的作品

写一首诗给武陵源

那些指向天空的石头。那些
拔地而起的命运
那段在时间里弹奏的琴声
那朵迎春开放的桃花
——当我说出它们的时候
时间已经在武陵源静止了很久
把一个新的年代打磨成
日出时,悠长的曲调。流水。思考

在云端

黄石寨在云端
在流动的,云的记忆里
我和一个爱我的人

拉着手,只是在那站了一会儿
就忘记了浮生的烟雨

前世情,今生缘

苦竹这名字,更像一个僧人
而非一种生活
划船的少年把自己
放进蓝色的回忆
木船载着他驶过九月
平静的河水
万物在穹顶与他对视,也与命运
长久地凝望着

李继宗的作品

天门山

风吹够了风终于停下来,而且,天蓝成了这样

蓝得如果一只鸟飞过去
将会打乱某人按捺不住的一阵心跳

你看,蓝得如果
一片黄叶落下,将把它拽过去,拽得更低一些

苦竹寨

半亩辣椒,一垄茄子,南瓜已经长成了这样
如果它能飞行
可以是地球的一颗卫星

云想减肥瘦身,野棉花想开到天上去
我想,半躺着,在一小片草地上
异想天开

看不远处,没有人在这个时候,远远地喊我

杨泽西的作品

宝峰湖

山间萦绕着细雾
长亭染上了日暮
云归不知何处
你寻觅的那个人
宛在宝峰湖

到苦竹寨

撑一支长篙
到苦竹寨的河水里自由飘摇
不再理会人间的悲欢哭笑
有时你的影子藏在波纹里睡觉
有时我刚好听到一声婉转的鸟叫

玻璃桥

我要陌生的,透明的
最危险的路给你
假使这危险还不够
我要重新裹上我易碎的壳
在自己的身体里兵荒马乱
现在我们都商量好了
假如我们同时看到对方
不管季节与气候如何
我们就把对方指认成
彼此身体里消失的那只蝴蝶

王唐银的作品

金鞭溪

流水在这里
省去了一身力气
汹涌,澎湃,迂回,跌宕
——这些水命,都已付于群山
金鞭溪只留用俊秀的水
待字闺中。小小的,温婉的
除了敬畏
你什么都不能够带走

黄龙洞

人世已没有更多的出口
时间也不过是,一滴钙化的泪
黄龙洞一生都要背着光生长

亿万年,才配得上
一次牵手
想必来时,你心中已搭出万千鹊桥
否则那么细微的日子
你都无处可逃

自在仙踪

我们在雾中模拟一方奇石
雾又模拟着雪
风抱着团吹,远方持续加重
人间已举重若轻
张家界一半还悬浮于天上
三千奇峰,没有一个放下了神女腰肢
这些瑶池仙踪
有那么一刻,我们彼此深入对方
又短暂地分离

谢蓄洪的作品

张家界啊

我张开喉咙
却像哑巴一样失语
用尽吃奶的劲喊
——啊
在大自然的鬼斧神工面前
所有的赞颂都是徒劳的
我唯有屏住呼吸
静候那一声啊返回

朵拉的作品

金鞭溪

闪烁的词粒，仿佛一把秘钥
可以开启通往仙境的捷径，跋涉成功地
连词成句，以婉约的风格继续谱写眉清目秀
其中的音韵便于补充对白
——幽谷间，溪畔旁，鸟兽，古树，奇花
汇同发光的情丝融为一提再提的景色
据说一份眷念等着签收
以潋滟为凭，相信水的怀抱滋养了锦绣诗画
用脱胎换骨的手笔

十里画廊

立体的山水画卷才能体验其中的诱惑
陶醉一词被使用到泛滥的程度，而美创造了

不可估量的征服效应
在赏心悦目之处，打上倾心的烙印
像放大了一个爱的声音
用不断发酵的情愫，升级绝版的现场
拧开痴与醉，温习惊艳的出处
不必靠滤镜地修复

鬼谷栈道

把冒一次险当作绝处逢生
可以任性一场，可以拔掉生活的束缚
像剥开一枚封印，将一瞬的光阴刻录在天空之路
是天上，亦是人间，是不可重复的奇观
完整了情感的走向
其实，还惦念着人间的烟火气息
其实，经过的飞鸟像一个同路人
也爱饱览自然的胸襟，在大美的舞台上
布置怦然心动

詹春华的作品

张家界·天子山

你是天下最奇崛的笔林
在岁月里蘸墨
在天地间挥毫
用传奇,写下一首首创世史诗
而今的我们
定是你亿万年来最得意的落笔
快看,每个人的眼眸里
都生长着日月星辰

张家界·一帘幽梦

女娲的一滴泪
从洪荒边缘坠落人间
从此,你亘古宛转

日日流淌慈悲和深情
我是一叶心甘情愿的归棹
万里天涯涉水而来
在你幽绿的波心,安然皈依
云水逶迤,听见船歌隐隐

殷言舜的作品

梦入天子山

手握日月,脚踩银河
狂醉的天仙不会揉碎浮云
天子山的林海也不会淹没游人
独自莫凭栏
风渺渺　乱心魂

一川烟绿,满阶流光
白云的宣纸掩映着山水的轮廓
春意阑珊的梦也沉醉着远行的旧客
一晌贪欢后
梦归处　醒人间

湘西魂
——观《魅力湘西》舞台剧

山是辽阔的臂弯
水是明媚的眼眸
桀骜的心在刀山火海里咆哮
杳渺的歌声似流水随风宛转
尽是灿若星辰的人影

长歌吟罢,篝火寂灭
在昨夜星辰的狂欢消散前
再尝一口赤烈的酒吧!
那里酝酿着少年心气
和千年守候的湘西魂魄

宋春来的作品

印象张家界

那部百龙天梯仿佛载着我们上天庭
那座云天渡玻璃桥似是通向了梦境
千峰竞秀。峰峦叠嶂。云遮雾绕之中
我们看到了世外桃源。看到了天空之路
看到了天门霞光。看到了仙女散花
我们看到的是一幅幅巨大的山水画卷
我亲爱的同窗好友,记得十里画廊吗
那一年,我们轮番跳跃起来照相
这里的万水千山正如我们永恒的青春!

金鞭溪,让人心动的少女

你细腻的肌肤纤尘不染
你清澈的秋水明净动人

你如兰的呼吸如习习微风
你温婉的话语似阵阵鸟语
美丽的少女啊,随你穿行在
茂盛的林木和峰峦幽谷之间
我是来到了世外桃源,还是
来到了森林童话的世界?

扎哲顿珠的作品

观茅岩河随想

明天我就将寄居孤舟与车马
或游江河，或访僧侣
也或抱膝临流而坐
听一条河谈论造物的秘密
那是澧水刚刚分娩时的情景
层层巨浪如惊蹄的马匹
奔腾着，冲击河中的礁石
人们用诅咒平息了一场杀伐
像两岸飞瀑，在碰撞中达成和解
把不屈的野性寂灭于人间

武强华的作品

张家界·山水之间

山一程,水一程
山水之间,一只旧船
在宝峰湖的倒影中微微战栗着
似乎强忍着内心的激荡,静静地
等待着另一只船

假如山水不弃,来世
我要做山顶上的那棵树
倒映在湖水中

一千年,只等你

从我身边轻轻划过
张家界:海誓山盟

是不是山有多高
水就有多深

是不是山低一尺,水浅一寸
就不能叫做海誓山盟

是不是只有这一湾旷世的清流
才能配得上这峭立的石壁

是不是一艘被时间遗忘的船
才能把我们带回造世之初。是不是

清除了一百种悬空的杂念,一转身
我就能遇见你山一样的肩膀

望天门山

以李白的眼光看
造物主的顽念
都有一丝遁世之光

锋利的刀斧
永远比不上流水
万变的柔情

在我们的高度
征服是一种致命的缺陷
每一扇门背后,都暗藏着上天
永恒的慈悲

崔华的作品

摆渡人间

在茅岩河,水流声仿佛可以
穿过岁月的阻隔
抵达少年的我和父亲
当我们站在河岸上
当摆渡人摇着船驶来
这人间仿佛变小了很多,变得充满
回忆的味道

灵溪

人生许多事,都不过是在来去之间
写下一个灵光乍现的句子
就像此刻的金鞭溪
就像溪说里漂来的树叶

虽然没有声音
却藏着晨光和秘密的词语

最美张家界

那不是人间的张家界,而是
把一切属于生命的词语
都浓缩成一场大雪
纷纷落下的山川和松柏
天地再也没有分别,只有明悟
彻底的白
我站在山顶,也站在云中

袁伟建的作品

张家界,明信片上的诗与远方

张家界,大地的画作,都是立体的造型
或山峦伟岸,顶天立地
或瑰丽斑斓,仙境中孕育着
秀美与神奇
袁家界,天门山,黄龙洞,大峡谷玻璃桥……
灿烂的阳光是一支精彩的笔
足以画下一方大地的秀美,画下
翅膀张开就能抵达的
诗和远方

宋朝的作品

苦竹寨

澧水你慢慢流,红灯笼是我的情
艄公你慢慢摇,吊脚楼有你的家

古渡口。码头上唱山歌的人
白了一头青丝

古镇边,风火墙下,思念的苔藓
又绿了一重

武陵源

奇峰三千,选一隅可居
秀水八百,择一溪可渔
重新温习这些古老的农事

所有的质朴和艰辛
对得起一坛
三月的桃花酒

玻璃桥栈道

我们在空中漫步
一步一步抵达理想彼岸

我们在云上安家
青春如歌,执子之手
从此忘却
人间红尘

李艳芳的作品

张家界

想做一片会唱歌的云
千年依偎在你身边
想做一座入云的山峰
万年守在你的家园
古老的誓词,上升为日月
流水说出了
不朽的爱

王超的作品

武陵源，圣境与修行

与白云结伴，山中住着老神仙，
举一举三千座砂岩峰峦，跟鸟说话，听水讲禅，
亿万年石头刻画神秘"龟纹"，体内蓄藏
爱的光，猴子白天把雨水抖落，云豹
夜晚穿着袈裟，山鬼巡山，神仙打架，
武陵源为爱辟出洞天，钟鼓击节，琴瑟和弦，
又一次次聚合离散，而那些为爱心碎的石头，
为人间铺设大美的去向，山水课里有美学，
武陵源有陡峭的日月，圣境与修行……

天门山，或寻友不遇

天门山上的一棵云松告诉我，你曾来过，
那缱绻的石头上还留有你的温度，

草木纷纷，杜鹃啼血，许多人亲眼见你
走到了云的尽头，更多的人看到你逃到一只野鹤
的体内，瞬息不见，又灵光乍现……
穿越天门山天门洞，那是你从未抵达过的
"空中花园"或神秘世界，千峰万仞绕碧水，
无人能越矩，也无人能挽留住你……

金鞭溪有神鹰护鞭，众生如流

用一条鞭子抽打现实之境，
如抽刀断水，我看到那些真实的水哟！
如银链，锁住青山的腰身，野花如炬，
阳光的袈裟，披在十月的枝头，
我看到每一棵草木都心怀仁爱与悲悯，
那是上天给予人间的馈赠，这条神秘而富丽的水啊！
心随山动，梦随水流，延伸于鸟语花香，
曲径通幽，金鞭溪有神鹰护鞭，众神加持，
众生如流……

在世界湖泊经典里摆渡爱与爱恋

亿万年冲刷，切割，节理和锻造……
那些水没有白白浪费，宝峰湖珠光宝气，
千峰耸立，万石峥嵘，湖光山色铸成神韵，
是水搬运了山，还是山兜住了水？

我遥想三亿八千万年前的那片大海，鱼儿在游，
鸟儿在飞，三千秀美倒映的光泽把相思
捆绑起来，摆渡爱与爱恋，让宝峰湖
一次次成为"世界湖泊经典"……

在张家界大峡谷，我兵书未读山水不熟

烂船峡里有多少烂舸沉浮？此刻，
我看见了光，看见了水，看见自己像羽毛一样
被暮光所照……我宁愿相信这诚实的水，
乱泉飞瀑，满目丹青，我相信"一线天"天梯栈道
或三叠游道，有鸟兽穿越这雄险境地，我更相信
这曲径幽林与千年古藤的激战与攀缘，唯有
大峡谷内玻璃栈道透明着心跳，让我战战兢兢，
进退维谷，方知我兵书未读，山水不熟，心在歧路，
我需要修心，重走一回这世道崎岖与幽深……

黄龙洞，豢养巨龙与亘古的星辰

喀斯特岩溶之内，亿万年水滴石穿，
洞中有泉，有瀑，有潭，有河……如
泼洒釉色，给石头漆上瓷器一样的光，
叮叮当当的珠光宝气：石乳，石柱，石幔，
石笋，石花，石琴，石管，石珍珠……
如片片龙鳞闪耀，黄龙出洞，洞经音乐，这美丽的

石头会唱歌，并在五彩斑斓抽象与具象之间，
雕刻无边毓秀，豢养亘古的星辰，于是
万物朝暾，一条巨龙在梦幻与图腾中显现……

橘子洲头，母亲唤我嘹亮的乳名

遥望湘江，沧浪之水淘洗万千气象，
流云织锦，霜叶绯红，城市新颜换去旧颜，篆写
如教科书上"沁园春"的词牌："独立寒秋，
湘江北去，橘子洲头"……为什么我的眼睛
不能停留，停留在固定的时空，因为你啊，
我的祖国我的母亲！我朝思暮想的兄弟姊妹！
掬一抔湘江水，细嗅姹紫芬芳，我愿听这大江涛声，
橘子洲头，慈母唤我嘹亮的乳名……

写意御笔峰

西海云雾，御笔峰起，
天下大笔皆在此间，将文字钎刻在
亿万年石头上，日照霞染为墨，将神往之力
透过纸背，大写于御笔峰，行，草，篆，隶……
不循规蹈矩，一滴墨或一枚石头就是一首
奇绝之诗，股掌之间，江山抖腕，异峰突起，
陡峭之心与心旷神怡并举，便陡生
这人间之外另一种赞叹与传奇……

王景云的作品

鸟儿拎起碧水的回声

金鞭溪里,云的自在
慢过我的心跳
看男女相伴,草木相爱
碧水追着山
鸟儿把阳光的赞美
都惊讶成一条鱼的醉时光
叮咚,清澈了碧水的回声

宝峰湖

土家阿哥的山歌
把我的眼神,悬在了烛烟岩
我忙着看平湖两边的奇峰
看仙女的眼睛、鼻子、嘴巴

却忘了她的一滴泪
还悬在苦涩的岁月里

峰墙奇观

站在几亿年时间堆积的高崖对面，喊山
山，不做答，沉默着悲壮
它仰仗壁立群山的陡峻
喊出当年与雷电冰川厮杀的威仪
多少风吹日晒，霜雪冻融
才风化成医治人间苦痛的药

梁红满的作品

天子山

天空澄明。透过天子山的慧眼
锃亮的瓷器,如新出炉的景泰蓝

峰与峰之间连成一条线,不可描述的景观
扇动着翅膀,恍如鸟群
忽高忽低

山谷含着委屈,交出流动的小溪
这些自然之物,紧紧包裹自己

金丝猴领着它的孩子们,闯荡江湖
将家书,背上云端

罗方义的作品

玻璃栈道

那不是冰结在悬崖,是我透明的心,赤诚地等候你
我掏空隐有的秘密,只为收藏你带来的信心与春风
而我赠送给你的礼物,则是,在天赐美景的险峰上
给坐标添加一个破折号,把诗和远方搬到你的眼前

张家界,大峡谷

大峡谷,时光之轴
弹奏天地起始的原音与大自然的乐趣

无论谁在此,一秒一分
都可收获万千年酝酿的卓尔不凡的梦境

草木花卉,珍禽异兽,奇石绿水……
全是时间之子,聚在当下,从生命的源头出发

李德雄的作品

张家界,我的倾情在你的心里(组诗)

天门山
没有人偷走我对你的记忆
你一直把自己的心思敞开
用爱抚慰自然的伤痛
用情感化灾难鼓动的邪恶
在通往天堂的路上布满爱情幸福
快乐和健康
所以凡人神仙都觉得向往
等我哪天想去天堂时
也一定会放眼对你远望

武陵源
岁月继续在沧桑
山体继续被风雨捶打

而你伟岸的身躯依然雄起阳刚
石柱看起来其貌不扬
但我读懂的不是自然生成的素物
是天地融合的情爱
在海誓山盟中的凝固
是人间的爱意扎进这块泥土的骨头
演变成一种信仰
坚定不移

鹞子寨

不必等待
太阳和月亮已忘记死亡
我想哪天巍峨成你
让卑微的灵魂变成岁月的骨头雄起
任风雨观赏

苦竹河的乌篷船

听惯了这儿的水咀嚼河岸的声音
不管风霜雪雨
把满河的伤心事都揽收在心底
生活中一旦缺少女人的温柔
下酒的菜就只有寂寞和孤独
从摇橹的号子声中寻找快乐
一次次，年年月月

哪怕一无所有，和一条河绑在一起
当一生的归宿

澧水河的早晨
喜鹊叫醒恋床的早晨，将风送来的喜讯挂在树上
等一场雨的恭维
白鹤惊呆温静的河水
看准一条鱼，激动的心，却被浪花俘虏
此时，我，究竟是不是我
还是一团河雾？答案在水波的心里寻觅

蔡力平的作品

康巴第一关：折多山

从 4962 米俯瞰：天折了九折
第十八道弯以下，岷江雅砻江大渡河
奔腾成溪

过了垭口。入藏
不忘采朵格桑花不忘吼几句康定情歌
进了木雅公主花宫的门
不是藏王
我也必须替松赞干布多几次情

我也必须是条康巴汉子，拉着川藏线
逶迤。一路向西

从辽阔到辽阔。走到无边
有雪在 7556 米的高处，向贡嘎

献哈达
上了蜀道谁不仰视蜀山之王

唯有那朵云在折多，不散
低徊。替山镇关

安静地选座山作另一半的脊梁

在西藏。导游多吉平措说
风一吹就等于把经幡诵读一遍
藏羚羊好像没有听见，牦牛也在吃草
众神坐在经文里，看我喘出的风一遍一遍诵读
"唵嘛呢叭咪吽"
经幡过于辽阔，秃鹫盘旋的地方
云过于白
我始终没有走出高反在我体内留下的空白

我的一半已经虹化。五千米以下不再有风
其实忘记呼吸也挺好
可以安静地选座山作另一半的脊梁
我需要把手伸进云里
捧出天上的蓝

稻城亚丁神山

走一步退三步
已经竭尽全力了
却无法接近
仙乃日、央迈勇、夏诺多吉
诸神驾起风

多少次自以为是与自作聪明
唾手可得的自负
有多重
虚汗虚脱：虚字留下

急于减负的，不是后遗症
为喘不过来的
那口气

藏雪鸡，抖落一个人
唇边的雪
他的脸依然煞白

神住的原生态，多数时候
爱过度曝光

稻城亚丁牛奶海

4600 米的海拔
不需要神再造新高度
厌氧的水成山
成海蓝
多吉平措的马
每次呼吸的样子都是这个景
载这个观光客过了这个坡
一道行将绝迹的金光
入海——
他知道牦牛已经下崽
该回家。喂奶
门口几百年的长苞冷杉
说好天黑时
成精

在茶卡盐湖摆拍

五年后再次打卡
茶卡的盐更白。倒映天空之镜
这湖这摊水

我被各色人，倒映
像全部倒影那样浅浅地，虚无
选最慵懒的造型
摆拍

取盘在头上的蓝：此背景
适合我在此时
想海
想起一头鲸在这里独一无二的死法

一粒盐是如何复活的：想到此
柴达木带着苍凉带着风
挤过来
像挤压板块那样
挤我。出泪——

用过的纸巾码齐了，带回江南
索然无味时
一气，品它五年

这里，是腾冲的图腾
——写给国殇墓园、远征军和戴安澜

早已知道远征军
刚刚知道，一九四四年的滇西反攻

有九千一百六十八名官兵
在这里死去

这里,是腾冲的图腾

我比夕阳早半步来到国殇墓园
登上小团坡。纪念碑下
选个角度数墓碑
当我读出名录墙的名字时
我会替他们一个个
响亮地报
——到

乘暮色未至,我要去趟异国
不走滇缅公路不飞驼峰航线
去野人山中的密林
赶跑一条毒蛇拧掉半只蚂蟥
再帮士兵抬一抬
戴安澜

我相信他和他的 200 师
都活着

硝烟塞进弹孔
——台儿庄感怀

你倒下时,一颗子弹
击中我
半壁江山痉挛

埋葬最后的羸弱
你在泥土里,喊祖先

喊醒我。蘸我的一滴血
擦拭
擦亮台儿庄
把白骨擦成枪刺

老兵扣响扳机
历史捏着铮亮的弹壳
成为雕塑

你把挥之不去的一抹硝烟
塞进弹孔
我在那堵墙下[注]
独自凭吊

(注：台儿庄遗址，炮火中幸存的两间民居，墙上累累弹痕，见证战争的惨烈)

到贵州，替我看山

炎夏塌陷的天空。出城
看见一场雨，水里有始末
从大风到大风
心生凉意，心里放不下的是你多出来的不安

怀揣几分明白，有时替自己糊涂
有时顶替一个人悲天悯人
出城，不要走太远
到贵州刚好：一个新的高度
你可以替我看山，也顺便看我是不是走失的你

南太行八里沟

这条沟太小，根本放不下
一只金龟子加一只七星瓢虫的纵横狂野
从北到南，一路被它们撕破的风
足以垒起一座更为怪异的太行

而我的脚板显然不够坚硬，一小块石头
硌得生痛。也从来没有跨越过
一条像模像样的沟

今天，必须把我压在最重最突兀的崖下
那里有天河瀑，从 170 米高处
落下的火。在新乡
八里以外你看见的都是假象

鬼城无鬼

丰都人，天生光明磊落
仿佛只有我是怀着鬼胎来的
我在鬼城遇到一群形状各异的人
我认出其中一个是我的前世
他告诉我
他在投胎前是鬼

他的面目可亲
嘴里含着蜜，说出的鬼话很甜

他牵着我的手，走过奈何桥
黄泉路上，红尘不红
每走一步，天就会暗一点
我必须在天黑之前，教会他
人前说人话，转过身去也说人话
并且天黑以后
同他一起做一场人梦

相信在他以后，鬼城无鬼
天下亦无鬼——
即使有人不慎闯入鬼门关

廖诗风的作品

张家界雪印象

雨,柔到了极致,化成了
漫天飞舞的蝴蝶,赶在黎明前
我的挡风玻璃,见证了
灯光下的精灵,告诉我
下雪啦!下雪啦!下雪啦!

雪追着我,迎着风,奔跑
我可以清楚地看见
天空下的,慢慢地变白
盖住丑,盖住美,盖住了一切
真相

风,就是刽子手。刀
割着脸,肌肤痛彻

一把匕首
刺破衣裳，一直
戳到骨头

山路上，爬满了冻僵的甲壳虫
横七竖八的，挣扎
在呼啸而来的梵音里
甲壳里飘出的灵魂
大红大绿
骂着，笑着，耽误了
一对新人拜堂的时辰

九乡的姻缘

缘分太深
我从千里之外赶到云南
到你的洞府修炼
当着世人的面孔
和你续一场前世的姻缘

在内幕的深处，我化身成阿黑哥
彝族古老的习俗，叫我
淌过了那条窄窄的板凳河
生怕一不小心，就要被你
奴役十年

一步一步地,走进了梦幻
牵着我的手,跨过火坑的那一刻
像跨过自己的火焰山,
你说,从现在起
就是我的女人

有生以来的交杯酒
第一次
喝给了陌生的你
你在我背上,好重
像背上了几辈子的负担

云贵高原

在云贵高原,天离我很近
天空刚刚擦洗
一条白色的丝巾还挂在天上

氧气被抽走了一半
我大口地呼吸,
也填不满欲望的胸腔

我无法做一头高原的牦牛
只配做
一条江南的泥鳅

涠洲岛落日

看惯了太阳的落山,这次
我要送太阳入海
看太阳如何把海水点燃
红成天海一片

取景框前,我伸开两指
钳住了太阳,像钳住
脖子上的血色玉佩
慢慢,放进海水淬炼

终于,太阳累了
一个顽皮的孩子说要回家
捅破天海的缝隙
睡上海中龙床

赶海的人

海滩上,白娘子与法海的斗法大片
每天上演
你白练轻舞,水漫金山
他法钵一舀
浪退千丈

地球和月亮
山见证了他们的和谐相处
水见证了他们的勾心斗角
自然的法则。你,我
无法改变

虾兵蟹将,蚌壳姑娘
就这样,成了
肉食者的美餐